Dian qi
Jiao jian
Qinwen xingfu

踮起脚尖亲吻幸福

希雅 著

天津出版传媒集团
天津人民出版社

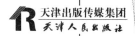

图书在版编目（ＣＩＰ）数据

踮起脚尖亲吻幸福 ／ 希雅著. —— 天津 ：天津人民
出版社，2017.11（2020.3重印）
　ISBN 978-7-201-12318-9-01

　Ⅰ．①踮… Ⅱ．①希… Ⅲ．①中篇小说－中国－当代
Ⅳ．①I247.5

中国版本图书馆CIP数据核字(2017)第216554号

踮起脚尖亲吻幸福
DIAN QI JIAOJIAN QINWEN XINGFU
希雅　著

出　　版　天津人民出版社
出 版 人　刘　庆
地　　址　天津市和平区西康路35号康岳大厦
邮政编码　300051
邮购电话　（022）23332469
网　　址　http：//www.tjrmcbs.com
电子信箱　reader@tjrmcbs.com

责任编辑　玮丽斯
策划编辑　王 彦 蔡 晔
装帧设计　胡万莲
插画制作　李倩莹

制版印刷　三河市华东印刷有限公司印刷
经　　销　新华书店
开　　本　660毫米×960毫米　1/16
印　　张　16
字　　数　182千字
版权印次　2017年11月第1版　2020年3月第2次印刷
定　　价　42.80元

CONTENTS
目录

CONTENTS
目录

楔　子

Dian qi
Jiao jian
Qinwen xingfu

　　暖心的拥抱，深情的一吻，哇，简直让人少女心炸裂。

　　"乐乐，快擦擦你的口水，哈喇子都快流一地了。"正当我十指紧扣在胸前呈憧憬状、恨不得立刻钻到电视画面里去，一秒变成画面里的女主角时，我妈端着一盘切好的红心火龙果，放到我面前的茶几上，一脸嫌弃地说道。

　　"嘻嘻。"我冲着妈妈害羞地擦了擦嘴，然后盯着电视机随口问了一句，"咦，我爸呢？又不回来吃饭吗？"

　　"管他回不回来！他不回来，我们就自己吃！"怒气瞬间爬满妈妈的脸，言辞变得严厉起来。

　　我知道妈妈又不开心了。

　　我叫言知乐。几年前，我一直觉得自己的家庭温馨和睦，有个长得像刘德华的高颜值爸爸，也有温婉动人、善良知性的妈妈。

我们一家三楼住在白城的富人区里，过着令人称羡的生活。

直到有一天，老爸按时回家的次数慢慢减少。起初妈妈会唉声叹气，抱怨几声，时间一长，她的耐性逐渐被刺激到底线，从隐忍，到撕裂，到争吵。

从那以后，我总会看到妈妈拿着手机，愤怒地质问爸爸，嘴里总是在重复同一句话："她到底想怎么样？"

争吵的时候，言辞激烈、凶狠、丑陋，起初我还会边哭边劝解，但结果总是无济于事。我的插话，只会让他们在吵架的时候加上"离婚后孩子归我"的内容。

后来每次他们吵架，我就索性一个人逃离到楼下的小公园。因为只有在那里和那个人相处，我才能得到一丝丝的快乐。

年幼的时候不懂事，只会一个劲地哭，长大了才明白，"出轨"这种事，像是随处可见的垃圾桶，又脏又臭，却总是会有它存在的角落。翻着热门微博，看着各个明星们的出轨新闻被吵得沸沸扬扬，尽人皆知，我想，当年爸妈争吵的原因，大抵也就是这些了吧！

总之只要一提到爸爸，妈妈就会大变脸色。今天晚饭过后，我索性就不守着电视剧的更新了，直接回房间准备第二天开学用的文具。

从抽屉里抽出携带的手账本时，却翻到了一把四根弦的玩具吉他，足

足愣了半分钟的我，硬是把自己强行地扯回那段青涩的快乐的时光。

在那段爸妈每天争吵的日子里，我总是一个人伤心地跑到小区里的小花园大哭。在那里，我经常会碰到一个跟我差不多大的小男孩。他手上总是拿着一把玩具四弦小吉他，牵着一只可爱的狗狗，孤零零地坐在我旁边的秋千上，一坐就是几个小时。

有时候，他会轻轻拨动手中的吉他，玩具吉他便会发出几声清脆的声音，我的悲伤和烦闷便会跟着那些飘散在空中的音符，越来越远，直至消失不见。

熟悉了之后，我才知道，他的父母由于工作太忙，都没有时间陪他。经常连续好多天，他唯一能说话的对象就是那只狗狗。

年少的烦恼，各怀心事的我们，自然而然地成了"盟友"，那个小小的花园成了我们的秘密基地。我们时常一起分享生活的趣事和烦恼，开心与伤心。

可是，好景不长，因为我爸妈工作调动的关系，我需要搬家去往别的城市，临走前我哭着去小花园告诉他这个消息。

"不如我们来交换一件礼物，作为离别纪念好了。"吉他男孩忽然提议道。

于是，他想也没想地就把自己心爱的四弦吉他送给了我。我事先没有准备，找了半天，也只从随身携带的零钱包里翻出了一张小小的照片。那张照片是一次剪完头后妈妈给我抓拍的。因为头发剪太短，遮掩不了我额头前明显的黑痣，所以我正嘟起嘴巴生气。

圆圆的脸蛋，一头短碎的头发，过于明显的黑痣，这些都让我看起来傻乎乎的。

但是一时半会儿也找不到其他东西作为礼物送给他，我只好扭捏着把这张照片递给了他。

没想到他一点都不嫌弃，反倒饶有兴趣地看了半天，然后小心翼翼地收在了口袋里。

"不知道他现在还记不记得我呢？"我一面端详着房间里的小吉他，一面小声嘀咕着。

据说，如果你把一件物品视为心爱之物，对它百般呵护，它便能给你带来好运。这把四弦吉他是我从小到大唯一保存完好的回忆品，看到它总能让我想起那段快乐的时光，或许它也能给我带来好运呢！

"吉他，吉他，我会好好对你的，你要当我的幸运物哦。"我模仿着电视剧里的桥段，轻轻地抚去吉他上的灰尘，然后亲了一口说道。

收拾好书包和衣服，我把吉他放到了床头柜的梦幻盒子里，发誓要好好对它。

这天夜里，我在一个似童话般的梦境里，做了一个超级甜蜜的美梦。送我吉他的小少年变成了一个风度翩翩的王子，像偶像剧里的男神一样，有着一张干净白皙的脸庞、颀长的身材。

他从十万八千里外的远方来与我相遇。

路途遥远，却不问归期。

01

第一章

我的征途是星辰大海

Dian qi
Jiao jian
Qinwen xingfu

——我才不喜欢天才，你帮我去打听那个喜欢踢足球的顾言宇吧。

——橘辰熙那么优秀，你可不要后悔哟！

01

初春新绿的大地，露水灌洗着树丛，一股清新绿意，迎风袭来。

好天气，也就意味着是个新学期的好兆头。我满怀着一颗期待的心，一路闻着清新的空气前往学校。本以为愉悦的心情能相安无事地保持到教室，但老天爷偏偏喜欢给我泼一盆冷水，让我像全身被冷风灌满似的，尴尬无比。

"这位同学，麻烦让让。"略带磁性的声音从我耳边飘过，声线迷人。声音的主人快速从我身边走过，像一阵急风穿堂而过。

我倒吸了一口凉气，好香，是那种体内散发的天然清香，我彻底被这种香气迷住了，于是呆呆地望着他那令我着迷的背影，简直就是一个背影杀手啊！

我瞬间有种想冲过去看他长相的冲动。

但此时，在离我不足100米的远处，"背影杀手"正在上演一场虽残酷却能迷倒万千少女的以拒绝为主题的剧目。

"喂，大家快来围观！系花陈笑笑要跟A班的天才表白了！"人群中不知谁一声令下，瞬间引来了更多的吃瓜群众。

"橘同学，我特意做了奶酪寿司，喏，给你吃。"清甜的女生，及肩的秀发，还有可人的脸蛋，一看就颇有系花的风范。还有被她拿在手上精心包装起来的便当盒，一定也是花了很多心思的。

她双手把便当盒伸过去，可"背影杀手"完全没有要接受的意思，便当盒在空气中僵持了一分钟，全场同学也对这个场面表示惊呆，愣愣地观摩接下来男生的态度。

"你很闲吗？"终于，"背影杀手"双手环抱着肩，盯着眼前的女生，冷不丁地来了这么一句话。

"啊？"系花微微地愣了一下。

"有做寿司的时间不如多看点书吧，东西收回去，我不会接受的。"他说完，身体转了90度，对围观的同学说道，"大家都散了吧。"

然后单手插进裤口袋，头也不回地从人群中冷酷地走过。

"什么嘛！态度那么冷淡！也太瞧不起人了吧。"作为正义使者，我自然是看不了这种场面，当即就对着他的背影大吼道，以表示自己在替系花打抱不平。

果然，我的吼声把"背影杀手"惊得停住了脚步，他缓缓地回过头与我对视，灰褐色的眼眸，冷冷的目光，面不改色地直逼向我。

距离越近，我就越能听到自己如雷的心跳声——"怦！怦！怦！"

我的脸上也开始变得像火烧一样滚烫。

"同学，你家住海边吗？"突然，他用特别蔑视的态度冷笑着说道。

"什，什么？关海边什么事？"我意识到自己太多嘴了，紧张得连脑子都不够用了。

"既然不住海边，就不要管得那么宽。"他冷笑一声，末了又补充一句，"对了，多读些书，这句话跟海边半毛钱关系都没有。"

我涨红着脸不敢跟他对视，窘迫得恨不能立马找个地缝钻进去。"背影杀手"头也不回地转身就走，留下在场的为之尖叫的花痴们。

"哇，他真的好酷。"

"超迷人的好不好？"

"走路的姿势都好有范啊！"

在告白现场有这么一群围观的女生，双手握在胸前作憧憬的花痴状，对着刚刚那个挑衅我的男生的背影自我陶醉和尖叫，还不时地把"帅"和"超级帅"等词汇提到嘴边。

想想几秒钟以前被"背影杀手"反驳的话，让我满身心的不愉快。喊，表面上帅有什么用嘛，态度那么冷漠，真可恶。我悻悻地自言自语。

"小乐……"熟悉的声音从我侧后方传来。

是娇媚，我的同班同学兼好闺蜜。

　　我转过头，看到她踩着小碎步朝我跑过来。

　　"呜呜呜，娇媚，我被欺负了，刚才。"我满脸委屈地跟她告状。

　　"该不会刚刚那个被咱们系A班赫赫有名的天才帅哥拒绝的人就是你吧？"娇媚的瞳孔瞬间放大。

　　"哎呀，当然不是啦！是系花被拒绝了，我看不惯，就在一旁嘟哝了两句，结果被那个可恶的男生听到了，他就过来说我了嘛！"我愤愤不平地阐述道，"不过，咱们系A班赫赫有名的天才帅哥是什么鬼？难道他很出名吗？"

　　"对呀，谁让你两耳不闻窗外事！他超级有名的。"娇媚忍不住得意地显摆道。

　　"什么鬼天才？不就是有个好看的背影而已，明明就很可恶好不好？"我一肚子怨气没地方发。

　　"哎呀，不是你被拒绝就好啦。哇，小乐，好羡慕你噢，天才男生竟然跟你说话了！听说他超级冷漠的，几乎不会跟人随便说话啦。"娇媚越说越起劲，我从她的眼睛里读出了浓浓的花痴情绪，这妮子跟在场的花痴并无二致，没救了。

　　"喂，你不同情我就算了，竟然还跟那些无脑女生一样花痴，服了你了。"我嘟着嘴，表示不满。

　　"哎呀，他又没做出什么过分的事，看在他颜值那么高的面子上，你就原谅他好了呗。"说完，娇媚踮起脚尖，在人群中搜索那个已经远离的帅气背影。

　　真是拿这妮子没辙了，全场女生都在像追捧一个人气明星那般热烈，唯独我心里很不爽快。不过这个所谓的新闻系赫赫有名的天才究竟是有多厉害呢？

　　如果没有刚刚反驳我的那一幕，或许他给我的印象也没那么坏吧！毕竟单看背影，就显得那么与众不同。

02

　　被娇媚一路追问着有关"背影杀手"的长相，不知不觉竟然已经来到了教室。新学期伊始，教室里异常热闹，跟炸开了锅似的。

　　"嘿，班长，班长，听说了吗？今年的新生迎新制度是观影会，我们不用费尽心思想什么迎新表演的节目了，哦耶！"刚把书包放下，班里的八卦大王林海翔便跟获取了绝密情报似的跟我报告了一个大好消息。

　　"真的吗？不错，真是个天大的好消息啊！"听闻迎新晚会被观影会替代，我刚刚还积压在心里的怒气瞬间就被清除了，"我正好还发愁没人来我这里报名表演节目呢！这下好了，不用愁了！"

　　不过我的好闺蜜林娇媚同学，似乎比我这个班长大人更兴奋。

　　"Great news（天大的好消息）！"她的脸上明显地写着一个大写的兴奋，"小乐，你知道吗？听说每年的新生欢迎会上都会有好多超帅男生耶，而且今年的新生颜值都超高的。能和那么多帅哥一起观影，别提有多浪漫了！"

　　"哎呀，好啦，娇媚，你这也太花痴了吧！"娇媚可真是个颜控啊，任何场合都不会放过欣赏长得好看的男生的机会。

"真期待啊！希望周末的观影会上能遇到我心目中最帅的那个男神。"娇媚已经彻底陷进她臆想的浪漫场景里了。

唉，我真是拿她没辙，只好默默收拾好桌面。在班里公布了这个好消息之后，我便起身前往收发室，领取班里的一些信件和订阅的报纸。

"张老师，您好，麻烦帮我取下2015级新闻系F班的报纸和信件。"收发室的张老师在忙碌地分发报纸，听到我的请求，立马停下手中的工作，帮我找到我要的东西。

"来，拿好了。"他递给我一摞厚厚的报纸和信件，末了又补充道，"噢，对了，小言同学，A班在你们班边上，顺便帮忙把橘辰熙同学的包裹也拿过去吧，他们班取件的同学漏拿了他这个。"

"噢噢，好呀。"助人为乐本来就是我言知乐一直都做的事情嘛，这种时候，我当然是欣然同意。

我从张老师手中接过A班那个同学的包裹，将我们班那堆报纸和信件放在包裹的上面，双手抱着前往A班。

由于信件和包裹在我怀中堆积的高度超过了我的平视的视线，于是我只能小心地望着侧面，艰难地一步步缓慢前进。

当我走到A班的后门时，看也没看就叫住了一个正好要出门的同学。

"喂，同学，麻烦帮忙叫一下橘辰熙，谢谢。"我躲在一堆报纸、信件后面喘着气说道。

对方一阵沉默。

一秒，两秒，三秒，四秒，五秒。

"同学，麻烦帮我叫下橘辰熙好吗？"三秒是极限，这都等了五秒。我急躁得再扩大分贝问了一遍。

"你找他干什么？"冰冷的声音这才传过来，可是，这声音怎么那么熟悉呢？

"有他的包裹，收发室的老师让我帮忙带过来的。"我憋着气解释了一通，心里犯着嘀咕，这个男生也真是的，没看到我拿这么多东西多么不方便吗？还这么多问题！

"唉，你怎么乱拿……"我上一句话音刚落下，被抱在怀里的包裹就被抽走了，包裹一抽走，我的视线便通明起来了。可是，在包裹抽出我视线，对视上那双冷峻的眼睛的时候，我惊呆了！

怎么又是他！那个说话很欠扁的"背影杀手"！

完了完了，他肯定又要拿校门口的事找我茬了。

"是你啊！"他看到我似乎也很吃惊，似乎想起我就是早上在校门口与他顶嘴的女生，于是扬了扬嘴角，摆出一副轻蔑的样子。

"你干吗乱拿别人东西啊？"为了避免尴尬，我盯着远处回答他，只想快些送走包裹，离开这个是非之地。

"别人？我是别人吗？喂，睁大眼睛看清楚了。"他一把扯住胸前的学生牌送到我眼底下，我不得已看到了那三个我最不想看到的中文。

橘辰熙！

真是冤家路窄！

天哪，太丢人了！

我再一次有了想钻进地缝里的冲动。

"那，那个，既然你已经拿了，那我先走了。"我结结巴巴地回答道。紧张和尴尬的气息弥漫在我跟橘辰熙中间，我的眼睛不停地左右打转，生怕与他对视。

"麻烦下次不要随便动别人的东西。"橘辰熙放了一句狠话，而这句狠话把我的怒气又给激起来了。

"拜托！我是受人之托好吗？说得谁特别想动你的包裹似的。"我的脸上写满了怒气，盯着他说道。

这个橘辰熙简直太气人了，好心帮他拿包裹，不感谢就算了，居然还怪我！

橘辰熙忽然凑过来，随之也带来了他身上独有的香气。此刻他的脸与我的脸靠得非常近，我们之间的距离，只有仅仅1厘米。我的脸迅速红得滚烫起来。

"扑通，扑通，扑通！"我红着脸听到自己心跳加速的声音。

虽然极为害羞，但我还是直勾勾地盯着他的眼睛。卷曲的睫毛，深褐色的瞳孔，里面仿佛隐藏着一种无法言语的情绪。白皙洁净的脸上毫无杂质，看上去像是发着淡淡的光泽。

我的天，他长得确实不错！有那么几秒钟我陷入了花痴的世界中，但很快，橘辰熙毫不客气地给我泼了一盆冷水。

"下次，不要，再乱帮我拿东西！"他凑在我耳边一字一顿地说道，

温热的气息瞬间覆盖我皮肤的每一处细胞，我的脸烧得更红了。

还没等我意识过来，他已经拿着包裹转身走了，继而又给我留下那个能杀死人的背影。

我悻悻地抱着报纸、信件走回教室。冷静下来后，涌上心头的更多是愤怒的情绪。橘辰熙这个大恶人，好心没好报！帮了他态度还那么冷淡，简直太憋屈了。

今天也太倒霉了吧，两次撞见橘辰熙都没好事。

呼呼……

我深呼了一口气，试图淡化这份憋屈的心情。

不过周末晚上有观影会，至少还是一件能期盼的事情。那就不要生气好了，不能让坏情绪影响自己美好的心情，我默默地对自己说道。

03

忙乱的开学日很快就过去了，周末的观影会如约而至。

观影会7点30开始，我跟娇媚约好6点整在"遇见"咖啡馆先碰头，再相约去观影会现场。

华灯初上，霓虹灯的光彩耀眼极了，灯光打照在路面上，折射一层层漂亮的光晕，照得人心情愉悦。

我踏着小碎步，哼着轻音乐，走在前往"遇见"的路上。

正当我快要拐弯走进"遇见"咖啡店的小巷子里时，被眼前的场景吸引住了。两个女生鬼鬼祟祟地似乎在议论什么，眼神还时不时地往前望；

时而迈着小碎步前进，时而又停留在原地假装四处张望。

这样的场景我好像在电视剧里看到过。

难道她们是在跟踪？

我不禁打了一个寒战，强烈的好奇心把我吸引过去，就在我跟到胡同的拐角处时，眼前的熟悉的背影让我的瞳孔瞬间睁大！

竟然又是橘辰熙！

老天爷也太喜欢和我开玩笑了吧，这都能遇上这个家伙！

我面无表情地盯着正在我前方的两个女生和那个被我称为"背影杀手"的冤家橘辰熙。女生的步伐越来越靠近橘辰熙，碎碎念的声音以及动静似乎惊到了橘辰熙。

只见他停住了正要前进的脚步，猛地一转身，用凌厉得能把人活生生吞下去的目光盯着眼前那两个跟踪他的女生。

这样的场景我不是没见过，如果再出来伸张正义岂不是自寻死路？于是我很识趣地躲到了墙边，偷瞄接下来发生的事。

上帝啊，请原谅我此刻的懦弱。我双手合十地保佑老天爷能原谅我的胆怯，毕竟我真的不敢再去惹那个家伙啦！

"这样跟踪我，好玩吗？"只见橘辰熙那家伙双手抱着肩，声色俱厉地质问道。

"你误会了，我们不是特意跟踪你的。"其中一个高个子、看样子稍微勇敢霸气一些的女生解释道。

"不是特意，那就是有意的咯？"橘辰熙咄咄逼人地问道。

　　"不是的。哎呀，小芊，你自己跟他说吧。"说罢，大个子女生便扯了扯身边的矮个子、有点羞怯的女生，示意她主动说话。

　　"对，对不起，橘辰熙，其实我，我喜欢你，刚想跟你说，但是又没有勇气，才一直跟着你到这里。"矮个子的女生支支吾吾地表白了，满脸羞红，用楚楚可怜的眼神一直望着橘辰熙那家伙，似乎很期待他的反应。

　　又是一个告白的女生，这个橘辰熙，那么冷淡可恶的家伙，竟然还有那么多女生迷恋他！真是罪恶呀！不过依形势看来，这个女生恐怕又要被拒绝了。

　　"呵呵，回去吧，不要再做这些愚蠢的事情了。"果不其然，又是一次残忍的拒绝。

　　正当橘辰熙欲要转身离开的时候，矮个子女生不知被何方神圣助力了，猛地冲上去一把抓住了橘辰熙的手臂。近乎歇斯底里地带着哭腔大声说道：

　　"为什么？为什么你总是拒绝女生的告白？就没有一个例外吗？"

　　矮个子女生的问题问得极好，事实上，虽然跟那家伙有之前的过节，但我对他的答案，也充满了好奇。

　　只见橘辰熙愣了一会儿，面容有些许复杂。他的眼睛里，藏着太多别人触碰不到的东西，神秘且有故事。在将近30秒的走神和沉默之后，他轻轻推开矮个子女生的手。

　　"不要打听这些没有意义的事。"说罢，他头也不回地转身就走了，留下脸上还挂着泪水、一脸错愕的矮个子女生。

橘辰熙到底是个什么人啊？

冷漠？告白通通选择拒绝？

自傲狂妄的天才？

或许是三番五次碰到他的缘故，我竟然开始留意起这个家伙来。在我心里的某个小角落，已经开始对这个人留下了深刻的印象。

"娇媚，你终于来了！等你好半天啦！""遇见"咖啡吧里，我给自己点了一杯抹茶味的奶盖茶，坐等娇媚出现。她一到，我便埋怨她的姗姗来迟。

"不好意思啊，小乐，刚才突然肚子痛，蹲了好久的厕所才出来呢。"娇媚朝我吐了吐舌头，一脸抱歉的意思。

"好了啦，赶紧点喝的，一会儿我们就要出发去影院啦。"我招呼着娇媚坐下，在闲聊当中，我把刚刚又遇见橘辰熙的场景跟娇媚真真实实地还原一遍。

"什么？又拒绝了？"娇媚吃惊得张大口，吓得嘴里的吸管都掉在了桌面上。

"没错，那家伙还是一副很冷漠的样子。"我的脑子里时不时浮现橘辰熙那张冷峻的脸。

"要不下次换我去跟他告白好了，真想当面跟他说一句话呢。"

晕死，娇媚这家伙的第一反应不是同情那个被拒绝的女生，反而在间接性地夸橘辰熙是个魅力十足的冷感男神。

"喂，娇媚，你不至于这么花痴吧？"我表示很无奈。

"小乐，橘辰熙真是非同凡人，你知道吗？他的每一次考试，无论是专业课还是公开课，都毫无例外的是全年级第一名，而且总分跟第二名相差有100分之远。不仅这样，他艺术方面也超级厉害。哦，对了，听说他的吉他弹得非常好，能迷倒一大片少女呢。总之他就是一个神奇的存在，一等一的天才！"

在娇媚一连串的夸奖中，我只关注到了一个重点，那就是橘辰熙他会弹吉他！

"他，会弹吉他吗？"我半信半疑地重复问了一遍，不知道是什么力量，听到"吉他"这两个字，我就感觉全身像触电一般，不由得想起了躺在我床头柜里的幸运物——一把四弦小吉他。或许因为这样，我才对吉他这个东西，特别敏感吧！

"对啊，而且他会弹很多种风格，无论是民谣，还是爵士，他都会弹呢！要不然，我怎么会拜倒在他膝下呢？毫不夸张地说，他简直就是我们学校唯一一个全能天才！"娇媚越说越激动，整个人都快要飞起来了。

原来橘辰熙还真是这样的全能人才，但比起他的成绩优异，最吸引我的还是他弹吉他的部分，在我心里已经给他默默地点赞了。

"几点了，小乐？"就在我也陷入臆想的橘辰熙弹吉他的画面时，娇媚拍了拍我。

"7点25了，啊！糟糕！观影会，快走！"

在我跟娇媚眼神交会的那一秒，我们不约而同地拿起外带的茶饮，用飞一般的速度，狂奔至影院。

04

我跟娇媚狂奔至电影院，意料之中，电影已经开始了，不过我们也只能认了，谁让我们没算准时间，竟然因为讨论橘辰熙的事情而迟到了。

既然电影已经开始，我俩只能厚着脸皮摸黑进入放映厅了。

"小乐，我在前面探路找座位，你跟在我身后，别跑丢了啊！"进入暗黑的放映厅后，娇媚松开了我的手，开始踩着小碎步前进，慢慢摸索着我们的观影座位。

此时我的夜盲症开始发作了，除了屏幕上的一丝微弱的亮光，周围的一切都变得模糊。我有些焦虑起来，又不能大声叫住正在我面前寻找座位的娇媚。

我摇了摇头，试图让自己清醒一些，不可以败给夜盲症。于是深呼了一口气，开始尝试在黑暗中伸出双手，挪开步伐。

"喂，同学，你摸我的头干吗？"

"喂，同学，麻烦你走快点啦，挡到我了。"

因为黑夜中前行的艰难，我不是误碰到别人，就是挡住别人的视线，一路黑灯瞎火地忙着道歉。当我听到不远处娇媚呼唤我的声音时，我激动得都快哭了，看来救世主娇媚幸运地找到了我们的观影座位。

因为怕移动的速度过慢会挡住大家的视线，所以我只能蹲下来挪动脚步；因为听到娇媚的呼唤，我便加快了步伐，正兴奋地继续在黑暗中前

进，突然一个趔趄……

我端在手上的奶茶和葡式蛋挞似乎全洒了出来！

苍天啊，不会洒到别人身上了吧！

我替自己捏了一把汗，并在心里默默地祈祷着。

沉默1秒，沉默2秒，沉默3秒，直到第十秒，并没有人站出来说话，既然没人吱声，想必是东西都洒到地上了，我暗自庆幸着。

"喂，洒到别人身上了还想走？"正当我得意地往前匍匐前进时，有人出声了。可是，这声音怎么这么熟悉呢？

"呃，那个，对，对，对不起。"紧张和羞愧的情绪让我连话都说不清了。

"说对不起就完了？"对方不依不饶。

"实在对不起啊，因为我看不太清。"我尽量压抑着声音，生怕吵到了别的同学看电影。

"你撒谎都不带打草稿的吗？"可是，对方根本不相信我说的话。

真可恶啊，都说抱歉了，还想怎么样啊！

因为对方没能理解我因为夜盲症而前行困难，我的心里顿时觉得委屈极了。

"我真的是看不清，因为我有夜盲症，所以真的很抱歉。"

接着，对方一阵沉默。

我猜应该多少有了一些恻隐之心吧！

"同学，要不我帮你用纸巾擦擦吧！或者……"还没等我说完话，对方突然站了起来，一把抓住我的手腕，就把我往外拖。

"喂，喂，你要带我去哪儿啊？"

尽管我低吼着质问对方这种莫名其妙的行为，但换来的依旧是无声的回应。

"你松开，你把我的手弄疼了！我可以自己走！"

手被拽得生疼，这家伙的行为彻底令我生气了。

被他强行拉出放映厅，明亮的灯光照在我的眼睛里，瞬间如重见光明一般。我用另一只手揉了揉干涩的双眼，就在睁开眼的那一刹那，彻底愣住了！

真是抬头不见低头见啊！

我带着一脸的怒气，盯着眼前这个狂妄自大、孤傲冷血的大冤家——橘辰熙！

"怎么又是你？"他似乎也觉得不可思议，只见他的瞳孔有明显的放大迹象。

"也太不巧了吧！"我还在因为几秒钟前被他强拉硬拽出放映厅的霸道动作而生气，脸上挂满了怒容，心里十分委屈。

"拉着一张脸是给我看吗？喏，我还没说你把我衣服弄脏的事呢！"说罢，橘辰熙脱下衣服，用手指拎起来，再将那件被我用奶茶泼湿了一大块的衬衫抖了抖。

"啊！怎么会弄脏那么多！"我惊愕地看着自己一不小心造的孽。

真没想到会湿了那么多，而且奶茶黏黏糊糊的，弄到身上肯定很不舒

服。幸亏他还穿了一件白T恤在里面，要不然我更会被骂得狗血淋头了。

"说吧，怎么解决？"

橘辰熙抖了抖身子，明显有些哆嗦。阳春时节，虽然白天还是阳光灿烂，但夜晚还是能感觉到丝丝凉意。

看着这一幕，我竟有些过意不去了，心中的怒气也逐渐退散，毕竟，闯祸的是我。

"要不，我把我的衬衫给你？"话刚说完我才意识到自己很白痴，我S码的衣服，拥有颀长身躯的橘辰熙怎么能穿得下去？

橘辰熙果然表示很无语，用他最擅长的姿势，双手插袋，饶有兴趣地看着我，并且还附带了一声冷笑。

"不不不，要不，我请你喝奶茶？"我的智商竟然在这一秒急速下降为零！

他依旧不说话，冷冷地看着我，或许他也在嘲笑我的智商吧。

言知乐！你个大蠢猪！人家衣服都脏了，还说什么请喝奶茶！脑子秀逗了吗？

"呃，要不，要不……"就在我用尽大脑的全部力量思考着一个更好的解决方式的时候，我的"救世主"突然将临，于是我才得以拯救。

"小乐，你怎么在这里啊？我找你好半天了。"听到娇媚的声音，我激动得立马转过头去想要拥抱她，但这家伙遇到男神就彻底呆住了，害得我已经伸出去的双手和怀抱，僵在空气中，额边顿时拉下三条黑线，真尴尬呀！

"嗨，哈喽，橘同学，你怎么也在这里呀？"娇媚害羞地挠了挠头。

"你问她。"他用目光指向了我，并示意我来解释。

我朝娇媚嘟了嘟嘴，希望她能从我的眼神里读懂我的苦衷和委屈以及误会，然而，我错了，是我高估了她的智商。

"发生什么事了啊，小乐？"先是在橘辰熙面前大声地向我提出疑问，随即又凑到我耳边小声地嘀咕道，"你是不是偷偷背着我约橘辰熙见面呀？"

唉，不怕神一样的对手，就怕猪一样的队友啊！

我对娇媚和我不在一个频道上的状态感到很无语，只能一五一十地跟她禀报清楚。就在我刚刚解释完整个乌龙事件的来龙去脉时，一个拥有迷人声线的声音从放映厅那边传来，声音里带着一丝浑厚，也是能令声控们着迷的那种。

"原来你出来了啊，怎么样了？"

那个有好听声音的男生从放映厅里径直走了出来，他全身的亮点就在他那条修长的双腿，穿着一件黑色的衬衫，袖子挽了一半，蓝色宽松牛仔裤和一双酒红色的英伦马丁靴，韩式双肩包是今年最流行的款式。他简直就像电视剧里的肖奈肖师兄，全身自带神秘和帅气的光环，简直是比橘辰熙还要令我着迷的男神！

我盯得有些出神，要不是娇媚拽了拽我的衣袖，估计我的哈喇子就流出来了。

"还没解决。"橘辰熙摊了摊手，目光指向了我。

　　那个长得像肖奈师兄的男神看了看我，扬了扬嘴角，笑容在他脸上蔓延开来，显得尤为温暖。

　　"同学，你没事吧？"他温柔地看着我。

　　"噢，没，没事。"我赶紧回过神来。

　　不过，奇怪，这句话他不是应该问橘辰熙吗？我可是肇事者啊！不过，被男神这么盯着，我的脸又红了。

　　"没事就好，没关系，不用太放在心上。"噢，老天，他在替橘辰熙解围，并且还在安慰我，这也太温暖了吧！

　　"喂，可是，我的衣服，就这么算了？"一旁的橘辰熙不依不饶，一副绝不善罢甘休的样子。

　　"反正影片也挺无聊的，不如直接回家好了，衣服回家换了就是。"

　　男生跟橘辰熙商量的间隙，我涨红着脸用手戳了戳娇媚的肩膀："帅吧，帅吧，是不是很像那个肖奈师兄啊？"

　　"还说我，你还不是一样碰到帅哥就开始泛起迷妹心，不过他确实挺帅的，在态度上比橘辰熙略胜一筹，哈哈。"

　　就在我跟娇媚讨论得起劲的同时，橘辰熙突然来了句："今天就算了，下次走点心，看着点路。"

　　还没等我回答，他便转身就走了，依旧留下那个冷酷又熟悉的背影。而另外那个温暖的大帅哥，很有礼貌地跟我们道别之后，才跟上橘辰熙的脚步离开。

　　"你说橘辰熙这样的天才，为什么脾气那么臭啊？太孤傲了吧。"对比起他的同伴，橘辰熙的性格就明显差了很多。

"毕竟是天才嘛，性格有些古怪，也没什么大不了的啦！"

"呃，是这样吗？"

我可不赞同娇媚这一套。

"不过，他的那个同伴，真的长得好好看啊，是我喜欢的类型耶。"我红着脸说道。

"哟哟，看看你花痴起来跟我也不相上下呢，要不我帮你打听打听关于他的消息？"娇媚可是这方面的行家，这点小事，绝对难不倒她。

"感动！娇媚！"

"怎么？"

"我给你点十万个赞！"

05

这天夜里，我躺在床上辗转难眠，想起那张温暖的脸，我竟然傻笑出了声。不过，脑海里的画面很快就切换到了橘辰熙，这个我一个星期就撞见他好几回的家伙！

是缘分吗？还是大冤家？为什么每次遇见他都要跟他争吵一番？

真是扫兴！

比起他的冷漠和孤傲，他的天才称号的确让我佩服得五体投地。

不过，娇媚说他在艺术方面的造诣也很高，尤其是吉他弹得很好，这让我又不由得想起了自己的幸运物。

他弹的，也是那种四弦吉他吗？

我双手托着腮，趴在书桌前看着窗外的浩瀚星空。那些星子如同调皮的小眼睛，一闪一闪，好看极了。我的思绪也随着这些星子飘到了很远很远的地方，远到仿佛还是很多年以前。我和小小的少年一起坐在小区的小小花园里互相倾吐着心事。

小小少年的手中总是拿着那把玩具吉他，说长大了以后会弹好听的歌曲给我听。

他现在也和橘辰熙一样，会弹好听的曲子，能轻松驾驭各种风格的音乐吗？

会不会有那么一天，他真的能够面对面地弹吉他给我听呢？

02

第二章

在最美的时光里重逢

Dian qi

Jiao jian

Qinwen xingfu

——喂，又是你！同学，情书送错了吧？

——喊，送错就送错，别以为你是天才就很了不起！

01

因为晚上想着吉他少年的事情，睡得太晚，星期天早上我怎么也起不来床。直到娇媚的声音在楼下响起，我才迷迷糊糊地翻了个身继续睡。

娇媚在老妈的指引下直接蹿到了楼上，擂鼓喧天地敲着我的房门。我被吵得不耐烦，趿着拖鞋起床开了门又继续躺倒在床上。

"哎呀，你看太阳都晒哪儿了，还睡呢？大好的周日，我们出去逛街吧！"娇媚一脸的阳光灿烂，一进门就朝我直嚷嚷。

"姑奶奶，让我再睡会儿啊，你先自己玩会儿！"我一边继续睡觉一边招呼道。

没办法，实在太困了啊！

"你房间这么小，有什么好玩的啊！赶紧起来啊！"娇媚说着，就准备来被子里挠我痒痒。

结果，她无意中看到了我昨晚拿出来摆弄的小盒子。

盒子里面除了那把玩具吉他，还有很多对我来说比较有纪念意义的小物品。

娇媚像是发现了新大陆，饶有兴趣地玩了起来，一边玩还一边兴奋地喊道："哇，小乐，原来你藏了这么多新奇的宝贝啊！"

她一会儿摆弄着吉他，弄出几声清脆的音符；一会儿拿着我小时候收到的匿名明信片，大声念上面煽情的句子；一会儿又摆弄着我那只会"叽叽叽"叫的机关啄木鸟……

"娇媚，你吵死了啊！让我好好睡一会儿行吗？"我被吵得完全没办法再睡，出声哀求道。

"小乐，你快起来，快起来，给我看看！"哪知道娇媚变本加厉，一把跑过来把我拖起来，手里拿着一张小照片对着我照了又照，比了又比。

"你干吗啊？"我忍不住问道。

"小乐，你小时候原来长这样啊！还别说，小时候的你更可爱呢！哈哈哈，尤其是额头上这颗痣，超级打眼！"说着，娇媚又过来撩起我额头上的刘海，"呃，现在这颗痣呢？"

"早就点掉啦！大家都说不好看嘛，所以在我妈心情还不错的时候，我就求她带我去点了！"都多少年前的事情啦，我都快不记得这颗痣的事

情了。

"有吗？我觉得这颗痣挺可爱的啊，能让人一眼就记住你！"娇媚笑着说道。

"那是，就你会说话！"被娇媚这么一弄，我的瞌睡也醒了一大半，只好起床。

等我洗漱完毕，娇媚也已经把我的宝贝收藏们翻了个遍，最后走的时候还弹了一下那把小吉他。

出门一起逛街的时候，她还不忘嘲笑我："小乐，没想到你这个音痴也会喜欢吉他啊，怎么从来没听你说过呢？"

"那不是我买的啦，是别人送的！"我有些不好意思说起这个，便拖着娇媚去试衣服了。

周末的时间过得飞快，转眼又到了周一。

今天不知又是什么原因，教室又跟炸开了锅一样，异常喧闹嘈杂。

"小乐，你快过来，告诉你两个天大的消息。"娇媚带着犹如清晨第一抹阳光的笑意，把我扯在了一旁，迫不及待地要跟我透露那个所谓的天都快要塌下来的消息。

"好的还是坏的呀？"

"当然是好的啦，告诉你第一个消息，一会儿我们班很快又增加一位新同学了。"娇媚越说越兴奋，"据说还是从高年级转专业过来的呢，这么说的话，应该要叫学长了。"

"噢，那年纪应该比我们大吧。"

"吨吨吨，你老是找不到重点。"娇媚急忙打断我的言辞。

"那到底重点是什么呢？"我一脸的莫名其妙，迫不及待地追问道。

"重点是，他是学长，肯定很会照顾我们这些小学妹呀。"说了半天，娇媚的心始终没逃离花痴的世界。

"好吧。那还有第二个消息是什么？"

"据说，A班也转来了一个天才少女，琴棋书画样样精通，而且！是绝对的班花人选噢。"八卦兼花痴少女林娇媚禀报完她的两个大消息，已然完成了使命。

"怎么每次A班和F班都是那么神同步？集训是，观影也是，现在就连新学期新增学生，也出奇的一样！简直神了！"我明显的怀疑校长是想要看我们F班的笑话，把我们跟A班比在一块，只会让我们输得更惨败。

"这或许就是命运，紧紧相连的那种。"娇媚抒情起来，真是醉得不要不要的呢。

"噢，对了，观影会上那个站在橘辰熙旁边，替我们解围的那个男生，我打听到啦。"娇媚转移了一个话题，似乎这个消息比新同学的消息更为劲爆。

"快说快说。"我催促着她，饶有兴趣地听着。

"给我什么好处？快说！"娇媚继续卖关子。

　　"好啦好啦，一个香芋味的五羊甜筒怎么样？"看来只能用吃的收买她了。

　　"成交，走！"从此娇媚又多了一个美称——"吃货"！

　　通往学校便利店的路上，会经过A班。A班平均成绩出了名的好，绝对是名不虚传，这不，走在他们班走廊外面，看着每个人都是奋笔疾书的样子，再想想我们班，果然是努力学习总会有回报的。

　　然而，并不是A班所有人都是老实勤奋地学习的，天才橘辰熙就是一个例外。

　　"娇媚，快走，快。"瞥了一眼A班教室，后排有个男生正打算起身往后门走，我揉了揉眼睛，一眼便认出来那张熟悉的脸。

　　"哎呀，走那么快干吗？"娇媚迷惑地问道，而我，在确认那个准备要出教室门口的人是我的冤家之后，几乎是立马勾住娇媚的手腕，拖着她大步流星地往前走。但命运总是喜欢和你开玩笑，该相遇的，迟早是要相遇的。

　　"咳咳。"显然，我们并没有赶在他出到门口之前幸运地穿过A班走廊，橘辰熙双手插着裤袋，倚靠在走廊上，目光如炬地盯着我看，看来是想起了我泼奶茶弄脏他衣服的事情了。

　　"小乐，是橘辰熙。"我故意没有理会他，径直拉着娇媚往前冲。但娇媚并不知道，虽然我努力摆出一副平静的表情，但内心是翻江倒海一般的慌乱。

"原来你是F班的。"橘辰熙带着轻蔑的口气，像是自言自语，又像是故意的。

但就是这么简单的一句话，让我的紧张慌乱瞬间不见，满脑子都是被羞辱的不快。

"别小瞧我们班的人！"我一脸怒气地说道。

"哦？不然呢？"没想到橘辰熙没有意识到我情绪的变化，反而扯了扯嘴角，露出挑衅的微笑。

"总有一天我们班也会有人挤进百名榜的！"我义愤填膺地回击他。

"那个人是你吗？哦，如果是的话，好，我等着。"他挑衅的意思更浓了，明显的一副看不起人的样子。

"是我，就是我，天才有什么了不起。我发奋起来，连我自己都害怕。"反正都已经撞在枪口上了，管不了那么多了，既然是下马威，那就得下到底啊！

"哦，呵呵。口气还不小，我等着看好戏。"不过好像无论说什么，都威胁不到他。

橘辰熙那副千年不变的傲慢的样子和冷峻的眼神，足够让我的底气彻底涣散。

"等就等，哼。"为了让自己接下来不会输得更彻底，我立马拉上娇媚迈开步伐，头也不回地小跑着离开原地，远离这个可恶的橘辰熙。

"喂，小乐，我刚才没听错吧，你说你要挤进百名榜？"等成功摆脱橘辰熙的视线之后，娇媚给了我当头一棒。

"惨了惨了，其实，我刚刚只是看不惯橘辰熙那家伙不可一世的样子，胡乱说了一通。"我吐了吐舌头，有些尴尬地说道。

"橘辰熙，无论周考，月考还是校考，全科满分，毫无例外。所以小乐，你是搬来哪位神仙，能够有实力挑衅全科满分的橘辰熙？"娇媚也为我感到担忧，对此我也表示很后悔。所以说呀，千万不能在愤怒或者情急之下做任何决定，不然后悔的概率高达百分之两百。

"大不了，大不了挤不进百名榜，我就任他处罚呗，反正顶多就是被他损。"除了面对他会尴尬，以及丢尽颜面，应该不会有别的问题了吧。

"加油！我看好你哦。"娇媚憋着一肚子坏笑，明显知道这是不可能的事。

"哼，就知道调侃我。"

"不过，小乐，你跟橘辰熙挺有缘的，难道你没发现吗？从新学期开始到现在，你已经不下五次跟橘辰熙'正面交锋'啦。"

"1、2、3……"听娇媚这么一说，我掰开手指认真地数了数遇见橘辰熙的那几个场景。不说还好，一数起来，概率还真的挺大的。

"对不对？我说得没错吧。"

"没错啦。"果真是料事如神的林娇媚林大侠，"不过，应该不是缘分，是冤家吧，他的出现，简直是要把我气死，每回都是！"

"嘿嘿，俗话说得好，越是在意，才越喜欢跟你做对。"娇媚这妮子朝我抛了个媚眼。

"呸呸呸，什么鬼啦，我跟橘辰熙那个可恶的家伙八竿子都打不着，哼！不要再说这些不靠谱的话啦，不然香芋味的五羊甜筒没收！"看娇媚还嘴滑，不给她来个下马威她估计还要继续调侃我跟橘辰熙。

"好啦好啦，不逗你了啦。"果然，娇媚那家伙消停了下来。

我们一打一闹地蹦着来到便利店，琳琅满目的零食看得我们口水都要掉下来了。没过多久，我们就彻底沦陷在香甜的味蕾中了。

"还是五羊甜筒的味道最赞呀，简直完胜可爱多。"娇媚一面舔着甜筒上的花生粒，一面心满意足地说道。

"喂，林娇媚林同学，甜筒都吃了，该兑现你的诺言了吧？"看这个臭丫头吃甜筒吃得正欢，完全忘了正事，我只好出声提醒道。

"噢噢噢，懂啦懂啦，别急嘛！"娇媚立马就领会到我的意图，擦了擦嘴，开始了她作为神探的解说。

"顾宇凡，男，身高185厘米，体重70千克，A班班长，成绩仅次于橘辰熙，考试总成绩排名全校第二，也是仅次于橘辰熙！"娇媚越说越有劲，全然有一种秘密神探的风范。

"啊？也是A班的呀。"怪不得呢，跟橘辰熙关系那么好。

"对呀，成绩虽然没有橘辰熙厉害，但也是全校第二。而且，他人超级好，超级温暖的。"娇媚说着说着，眼神里开始流露出一种崇拜和爱慕

的色彩。

"温暖？"我继续追问。

"那天，在A班上体育课的时候，我偷偷摸摸地潜进了女生群里，使出浑身解数，跟那些女生们打探顾宇凡的消息。正当我马上就能获取最关键的信息时，不料他神一般地出现在我的身后了。"娇媚咬了一口甜筒，接着说道，"你知道吗，小乐？当时真的好惊险啊，我一直在偷偷摸摸地打听关于他的有关信息，谁料到他会突然出现，真是吓死我了。"

"那后来怎么样呢？他有没有雷霆大怒？"怎么跟电视悬疑片似的，越说越有画面感了。

"你猜怎么着？起初我并不知道他在身后，听着眼前那个女生神神秘秘地说着关于他的各种喜好时，我看到那个女生越说眼神越不对，还时不时地往我身后瞟。我就纳闷了，猛地回头看，结果，苍天啊！他双手环抱着肩臂，微微扬起了嘴角，露出狡黠的笑，一脸戏谑地看着我。"娇媚一口气说完，脸上还保留着又惊又险的表情。

我都替这家伙捏了一把汗，于是说道："幸亏你不是在说他或者在说橘辰熙的坏话。"

"可是好奇怪，他并没有为难我。如果是橘辰熙，估计我就要吃不了兜着走了吧，嘿嘿。"说着说着，娇媚的眼里又开始露出崇拜的神色，是一种我从未见过的动容。

接下来，便彻底地到了林娇媚同学夸顾宇凡的时间。从头顶到脚板，从上身的衬衣到下身的牛仔裤到脚上的潮男鞋，从脸部的特写到手臂到手指的描述，无一不发挥出了她作为一个出色的神探应该具有的精神。

"喂喂喂，你不会是对顾宇凡一见钟情了吧？"我试探性地问。

娇媚的小脸"唰"地一下变得通红，表情的变化暴露了她的内心，但她还是要极力反驳，做最后的狡辩："才没有啦。"

说句大实话，在看到娇媚对顾宇凡那温柔爆表的暧昧眼神之后，我已经对他彻底不感兴趣了。也许是那晚观影会他的肝胆相照，才会让我有一种被异性温暖的错觉吧。毕竟我那颗花痴的心，跟娇媚比起来，肯定逊色很多。

而此时，看着娇媚说起顾宇凡时脸上荡漾起的朦胧春色和开怀大笑，不知怎么的，我竟想起了年幼时那个在小花园秋千上与我互相倾诉的小男孩，也是我那心爱的幸运物四弦吉他的原主人，想起那双时刻隐藏着神秘故事的、炯炯有神的双眼，干净的小脸庞，以及当年彼此慰藉对方的温暖的心。

可是，我们竟然连对方的姓名都不知道。

此去经年，我时常回想起那段只有我们两个人知道的小小快乐，长大到现在，再也没有碰到过一个能够交心或者坦诚相待的异性朋友，所以我异常怀念那段日子，想念能带给彼此快乐的小男孩。

我知道他一定会在这个世界上的某个角落，只是不知道缘分这个东西，会不会将临到我的头上。但愿我的幸运四弦吉他，为我祈祷，为我保

驾护航，让我也拥有一份神秘的幸运吧。

02

一天的时间总是过得很快，上了两节自习课，去了一趟便利店，吃了两个五羊牌甜筒，再上两节英语课，一晃眼，下课的铃声就打破了校园的寂静，整个学校开始全面沸腾起来。

时间匆匆如流沙，我们的青春时光，就这样在上课、下课中不经意地溜走。

"小乐，我待会儿要去趟图书馆，就不跟你一起回去了。"正在低头收拾书包的娇媚随口朝我抛来了这句话。

"那好吧，我自己一个人回去就好了。"我嘟着嘴假装撒娇，表示不愉快。

"哎哟，我们乐乐生气了呢，改天补给你两个甜筒怎么样？"娇媚过来掐了掐我鼓起的圆脸。

"成交！"我的心情立马阴转晴。

好吧，这就是我跟闺蜜林娇媚同学之间惯性的套路，以表示我们之间深厚友谊的存在。

傍晚时分的夕阳尤为美丽，红彤彤的余晖照在路面上，把人影拉得很长，让人看起来有几分落寞与惆怅。天空被一片酡霞渲染，美得有些令人沉醉。

但这般好风景总有些人不给面子，简直就是大煞风景呀。

"还是不打算收下吗？"一个悦耳的声音在离我仅有两米远的斜对面响起，这声音稍微偏中性，言语中没有委婉的语气，反而有种女中豪杰的霸气感。

对方一阵沉默，我试图移动个方位，看看霸气女生对面站的究竟又是哪个冷漠的人，竟然没半点反应。

"喂，你怎么老是拒绝别人？这样很伤人的！"

"没人逼你这么做。"男生终于冷漠地作答。

"可是，你就不能破例收一次吗？"

男生又开始沉默。

我忽然有种不祥的预感，不会这么倒霉吧？该不会又是橘辰熙那家伙收到女生告白然后又要冷酷拒绝的场面吧？

事实证明，我的猜测，并没有错。

"橘辰熙，你能不能不要这么冷漠啊？"霸气女生脱口而出那个我最不想听到的三个字，但似乎这句话中带着微微的哭腔，因为她的声音略微颤抖。

"不能。"橘辰熙话如坚石，犹如冰山。

"呜呜呜……"霸气女生终于没忍住好不容易建立起来的坚强，委屈地捂着脸嘤嘤地抽泣起来。

"如果没什么事，我走了。"可恶的家伙，把女生弄哭了，居然还想走。义气使然，这是我最看不惯也最忍受不了的场景，我当然是要替弱者主持公道了，虽然讨伐的对象是我最不想面对的人，但因为之前几次跟橘辰熙过招，这家伙次次都把我逼出内伤，让我怒发冲冠。

"你站住！"我拨开人群，快速地走到橘辰熙和女生身边。

"又是你！"我从他眼里读出了千万个不可思议。

"对啊！太冤家路窄了吧？"我也毫不示弱！

"呵呵，没错，是挺冤家的。"橘辰熙。

"你干吗对人家这么冷漠？好心好意给你做便当你拒绝，给你写情书你拒收，跟你告白你以冷漠相待！你也太高傲了吧？"一口气说完，总算是替那妹子打抱不平了，要不然，橘辰熙这般狂妄自大的家伙还以为自己这种行为很酷很招女生喜欢呢！

"所以你搬家了吗？"他冷不丁地回复我，嘴边还有一抹狡黠的笑。

"喂，你真讨嫌！又要说我多管闲事。"我不服气。

"难道不是吗？"那个富有个性声线的女声从我身后响起，带着些许鄙夷的意思，她继续说道，"我被他拒绝我乐意，倒是你，凭什么干涉我们的交谈？"

我缓缓地回过头撞上她那双凌厉、略微怒气的双眼，瞬间尴尬得满脸通红。

"我只是，觉得他太过分了，仅仅是想帮你说句话而已啊，毕竟你已经不是第一个被他拒绝的女生了。"我觉得有些委屈。

诚然，这个世界上，你秉承着一颗善良的心，行侠仗义、路见不平、拔刀相助是没有错的，但你不能忽略了另外一种人。就是那种并不会领情，反而继续用言语中伤你的人，人生的善恶，大抵说的就是当下这种场面了。

"走开，我不用。"在我试图靠近她、想要缓和气氛的时候，不料她推了我一把。

这股力道太大，以致于没站稳的我，接连倒退了几步，最后一屁股坐到了地上。

"我真的很讨厌多管闲事的人！"那个女生朝我"补刀"后，转而带着哭腔，离开了这个尴尬的场面。

我愣愣地坐在地上不说话，心里却是百般委屈。

我没想到竟是这样的结局，不知怎么的，眼睛里似乎有一股强大的水流要往外涌。我嘟起嘴，仰起头望了望慢慢暗沉下来的天空，努力不让委屈的眼泪决堤，更不能让橘辰熙看到！

"喂……"橘辰熙试探性地叫我。

……

"所以说，家不住在海边，就不要管那么宽。"见我不说话，橘辰熙慢慢走近我。

"你现在是来嘲笑我的吗？"我压抑着哭腔，瞥了一眼慢慢靠近的橘

辰熙。

"并没有。"他走过来轻轻地倚靠在一颗苍老的大槐树下，双手插着裤袋，然后目光柔和地望着我。

那个眼神，跟往常那个冷傲、自大狂妄的他完全不一样，现在的他，就好像完全变了一个人似的。

"罪魁祸首就是你。"

"关我什么事？"

"因为你这样的行为很令人讨厌，冷漠又自私，根本就不考虑别人的感受。"

橘辰熙沉默了一会儿，继续说道："她说你多管闲事，也并不是没有道理。"

他不说还好，一说我就更委屈了。

我沉默了几秒，最终还是忍不住，哇哇大哭起来。

"都怪你，橘辰熙，自从认识你之后，我就特别特别倒霉。只要有你在的地方，就是我言知乐受灾的区域。从开学到现在的每一次撞见，都是如此。我讨厌你，我超级超级讨厌你！"我带着哭腔指着橘辰熙委屈地控诉道。

管不了路人的目光，此刻的我，已经把我的委屈全部畅快淋漓地哭了出来。

一旁的橘辰熙沉默不语。

　　我们两个人就这样静静地相处着，周遭的一切似乎定格了，变得异常安静。从放声大哭到最后哭累了小声抽泣，橘辰熙一直沉默地望着我，一言不发。

　　而就在我起身准备离开时，橘辰熙做了一件让我绝对想不到的事，而这样类似的动作之后也接二连三地发生了，让我不得不改变了之前对他所有的坏印象。

　　其实橘辰熙，也是一个善良的人呢。

　　03

　　"喂。"橘辰熙叫住了我，而此时，我正在用沾满灰尘的手擦掉脸上大片大片的泪痕。

　　"干吗？"我头也不回地回应道，心里的怒气依旧没消除。

　　"脸都脏了，还擦，用这个。"他从书包里抽出一张湿纸巾递给我，虽然语气有些霸道，但我很明显地看到了他那张一贯冷漠的脸上，竟然有丝丝红晕。尽管天色越发暗淡，但是遮掩不了此时此刻橘辰熙递给我纸巾时的害羞。

　　我看着突然变得不那么冷峻的橘辰熙，瞬间愣得忘了言语。

　　"喂，拿着啊！赶紧把脸擦干净了。"他说着把纸巾递给了我。

　　"噢……"我傻愣愣地接过纸巾，起初还是傻傻地望着眼前这个跟几分钟以前判若两人的男生，在我恢复清晰意识之后，赶紧转过身去背朝橘

把纸巾往脸上一贴，迅速地擦了一通。

等我擦完脸，把湿纸巾摊开来看的时候，天哪！这也太脏了吧！我的脸刚刚是不是像小丑的脸一样花？橘辰熙一定在心里默默地把我嘲笑了一万遍吧。

"擦好了吗？擦到火星上去了吗？那么久。"见我迟迟没有转过身，橘辰熙终于发话了。

"好，好了。"听到他的说话声，我缓缓地转过身去，带着一张尴尬的脸。

橘辰熙似乎也有些搞不定此时彼此略微有些尴尬的画面，只见他眼神有些缥缈，左看看，右看看。

"那个……"

"那个……"

我们异口同声地发声问对方，话音刚落，我脸"刷"地一下就红了。而此时，几分钟以前对橘辰熙的怒气，已经慢慢减弱，甚至荡然无存了。

什么时候我的脾气像雷阵雨，来得那么快，去得也这么快？

我在心里无奈地对自己摊手。

"谢谢。"我抢先在橘辰熙面前说道。

"哦，不是说讨厌我吗？"

"喂，你哪壶不开提哪壶啊？"这家伙，就不能好好地被夸，我在心里嘀咕着。

只见橘辰熙离开了那棵原本被倚靠的大槐树，突然间走近我，一手拿起了我落在地上的书包，往肩上一挎，头也不回地朝前走，并给我撂下一句话："看在你说每次遇见我都很倒霉的面子上，这次以后，我让你转转好运。"

虽然整句话看上去依旧有些傲气，但言语之间，却温暖极了。

此时橘辰熙的表现，真的令我刮目相看，难道是我说他是扫把星而中伤他了吗？

我没有跟随他的脚步，反而停止了步伐，愣愣地看着他。心里的怒气到此刻已经全然消失，反而增添了些许感动和温暖。

于是我叫住了橘辰熙，真心实意地想表达我此刻对他印象的反转。

"橘同学。"我红着脸等他转过来与我对视，

听到声音，他侧着半身看我，眼神里像是倾泻了一地的月光，温柔极了，看得我有那么一瞬间的失神。

"喂？傻了吗？直愣愣地看着我干吗？"

"那个，没，没什么。我想说，谢谢你。"被他窥见了我的花痴行为，我顿时尴尬得说话舌头都打结了。

"我说，你打算还要在原地磨叽多久？再不走就天黑了。"

"哦哦，走，走，走。"

说罢，我便屁颠屁颠地跟在橘辰熙的身后，两人一起离开了这个"是非之地"。

　　咦，不过，橘辰熙，他替我背着书包，是要送我回去的意思吗？

　　等我反应过来，便在他身后小声地询问道："那个，橘同学，你住哪儿呀？"

　　其实我的本意是想问橘辰熙回去的方向是不是跟我一路，以证实他是否是为了表达歉意而送我回家，但事实上，他的智商情商已经远远高于我，立马就识破了我的小心思。

　　"顺路，顺便送你回去，算是今天让转转好运的附赠服务。"他酷酷地回应我，头也不回。

　　我从背后看着他颀长的身躯，半边肩膀还背着一个女生书包，依旧是那个拥有着能秒杀一票花痴的背影。

　　听他这么一说，我便害羞地接不上话了，继续像个花痴一样跟在他身后。而此时，我的心里竟然如蜜糖那般甜。

　　他可是橘辰熙啊，他居然说送我回去！

　　我顿时心乱如麻，激动，羞涩，甜蜜，各种情绪混杂在了一起。

　　"你是打算就这么一路当跟屁虫了吗？"

　　"噢，不，并没有。"

　　在橘辰熙示意我走到他身边一起并排走之后，我跟他肩膀之间的距离，仅仅相差两厘米。夜晚的微风吹起，那股属于橘辰熙身上独特的香味又开始钻进我的鼻腔。

　　真香，真迷人！

　　不过此时此刻，重要的不是他身上的清香，而是我这颗"扑通扑通"跳动的小心脏！为了让自己转移一下注意力，我打破了两人之间这种并排走又不说话的尴尬气氛。

　　"要不，橘同学，我请你吃五羊甜筒吧。"我紧张地试探性地问他，生怕他会毫不犹豫地拒绝我。

　　"你不会为了惩罚我，在甜筒里下药迷晕我吧？"

　　"啊？什么鬼，怎么会……"橘辰熙这天才，脑子里尽是跟普通人不一样的东西啊，亏他想得出。

　　"好啦，不逗你了。正好我也想吃甜筒了。最近的便利店，距离我们现在的位置有800米，走完这座天桥，左拐下楼梯，过一个十字路口，再右拐，就能买到你最爱的五羊甜筒了。"

　　我彻底惊呆了。

　　在他说完这句话以后，我终于明白了为什么所有女生都对他那么着迷了。他真的不愧为一等一的天才啊，这超高的智商和超清晰的逻辑性，绝对是万人仅有，不得不令我佩服。

　　"你真的，太棒了！"我情不自禁地朝橘辰熙竖起了大拇指，"我甘拜下风。"

　　"现在不觉得我是你的扫把星了吗？"

　　"不是啦，不是说把好运传给我了吗？那么，从此以后，就都是好运了。"交谈中我学会了他的说话时的圆滑。

"那以后再倒霉，可别赖我了啊。"他微微地扬了扬嘴角。

"说不赖你就不赖你，拉钩，一言为定。"为了证明我的诚意，我率先出了勾勾手的小拇指，但橘辰熙并没有也同样伸出小拇指回应我。

我伸出的手指在空中僵硬了几秒，一阵尴尬席卷而来。

……

"不，不拉钩也行，放心好了，不会赖你的。"我只好尴尬地自圆其说，可就在我话音刚落正要收回小拇指的时候，橘辰熙突然勾住了我的手指，动作温柔又霸道。

在肌肤触碰的那一瞬间，我感觉全身上下的每一个细胞，都像是电流经过那样，花枝乱颤得厉害。

"拉钩上下，一百年，不许变。"他眼神笃定地望着我，一口气念完了拉钩词，惊得我再一次睁大了双眼。

"喂，傻了吗？"见我没反应，橘辰熙在我眼前特意晃了晃手掌。

"啊，没，没啊。好，不许变，不许变。"我后知后觉，傻愣愣地朝着他笑了，"嘿，橘同学，原来是我误会你了，没想到你不仅学习好，人也不赖。可是，前几次的你，是吃错药了吗？哈哈。"我故意用了玩笑的语气，试图让我们之间的氛围变得轻快活跃一些。

"所以你今后别乱惹怒我，再吃错药，我就跟你发飙的哦。"

"是的，臣领旨。"

跟橘辰熙并排走在去便利店的路上，说话的氛围慢慢地变得轻松搞笑起来，彼此心中的芥蒂也逐渐消除。

也许今天之后，橘辰熙再也不是我的冤家，我见到他再也不会倒大霉。正如橘辰熙所说的，希望今天的这些事件发生后，能让我好好地转转运气。

此时，天色已经完全暗下来了。深邃的夜空，月亮与星星交织着上演属于它们的精彩剧目，而城市中光彩的霓虹灯，把我跟橘辰熙拿着甜筒的影子拉得老长。

如果影像会说话，那么此时我们的影子，一定是开心的，欢快的，像是久逢的好友，笑声汇成一片欢乐的海洋。

04

然而，快乐的时光，总是短暂的。

夜晚的微风始终有些凉意，洗完澡，我便早早地回到房间，从抽屉里把幸运物"四弦吉他"拿出来，轻轻地把玩着。

"do re mi fa……"

"fa mi re do……"

我将这四个音调反复地拨动，在这个刚刚被蜜糖灌满的夜晚，旋律出奇的好听！终于，"四弦吉他"要开始逆袭了吗？我的好运生活，慢慢揭开序幕了吧？

回想起橘辰熙送我回家的一路上的欢快交谈，我内心开始滋生起小小

的喜悦，轻轻地把吉他收回它的好运物专属盒子里，飞奔到床上，开心得直在床上翻滚，都快要把我的小床给翻塌了。

"哐当……"

正当我平静下来，准备赴一场与周公的甜蜜约会时，门外突然响起了一阵碗筷被摔碎的刺耳声。

"离婚吧。"老爸疲惫的声音此时像幽灵般从门外传来，我猛地从床上跳起来，夺门而出，暴露在眼前的景象中，怒发冲冠的妈妈手上正拿着一块残余的碎片，目光如炬地盯着老爸。

而爸爸正站在一堆被砸得粉身碎骨的锅碗瓢盆面前，面无表情。

"离吧，小乐归我。"

这样的场景我再熟悉不过了，争吵，撕裂，摔东西，再到谈离婚，从小到大，听得耳朵都起茧了。

尽管如此，年纪尚小的我，依旧不是太能接受爸妈离婚的事实。

我冲过去抱住妈妈，嘶吼道："为什么一定要离婚？有什么话不能好好说吗？我不想没有爸爸，我想要一个完整的家。"

我大声地抽泣着。

"小乐，你长大了，妈妈也不瞒你了。"妈妈顿了顿，几乎带着哭腔说完了接下来这句话，"你爸他，很久以前就在外面有其他女人了。争了这么多年，妈妈也死心了，以后我们两母女就自己好好过吧。"

"你，唉……你说小乐这么小，你跟她说这些干吗？"爸爸略微无力地打断了老妈，或许他也觉得这个家早就已经分崩离析，所以表情显得很淡定。

我忽然在那几秒钟之间反应过来，从前他们每次吵架所提到的那个"她到底想怎么样"的"她"，应该就是妈妈说的其他女人吧。

我顿时暴跳如雷，发疯似的对老爸狂叫："老爸，你要是抛弃我和妈妈，一定会后悔一辈子的！余生一定不会幸福的！"

我几乎是哭着对老爸吼出来的。

只见他用那双我再熟悉不过的大手摸了摸我的头，淡淡地说道："小乐，有些事情，你以后会慢慢明白的。爸爸和妈妈的感情早就破裂了，不可能再在一起了。是爸爸对不起你。以后，你有什么事情，随时欢迎来找爸爸。"

我把头偏向一边，不再看他。

最终，老爸还是签了离婚协议书，在我和妈妈的哭声中，决绝地离开了这个家。

那晚下了一场倾盆大雨，雷声特别响，我辗转反侧，趴在窗台，看到了闪电划破暗黑的长空，可怕极了。于是，我把房间里所有的灯都打开来。鹅黄色的暖灯亮起时，我心中的恐惧才渐渐地消散。

我从抽屉里拿出日记本，想记录今天发生的这一切。有关橘辰熙带给我的温暖，有关爸爸妈妈离婚带给我的伤痛，都一幕一幕清晰地在脑海里

划过。

　　酝酿了半天之后，我终于提起了笔。可是，一下笔，眼泪就怎么也止不住。写着写着，不知怎么的，我又突然想起了小时候小区花园里跟我一起荡秋千的那个小少年。

　　以前每次看到爸爸妈妈吵架，不开心的我就会跑到小区花园里，和小少年一起玩耍。每当那个时候，烦恼和忧愁就会一扫而光。

　　而现在，能够陪伴我一起度过最难过、最伤心时光的那个人究竟去哪儿了呢？

　　此时此刻，我万分思念那个小少年，那个送我幸运吉他的小少年，那个拥有天真笑容的小少年，那个在我孤独的时候能陪伴我的小少年。

　　当年他稚嫩的眉眼，此刻，在我的脑海里，显得尤为清晰。

　　可突然，我脑海中的画面一转，橘辰熙整个人便侵占了我的脑海。他傲气时冷漠的笑，他找我麻烦时狡黠的笑，他逗我开心时温暖的笑，怎么和记忆中那个小少年慢慢重合起来了？

　　这也太巧了吧！

03

第三章
命运给予的措手不及

Dian qi
Jiao jian
Qinwen xingfu

——原来是你！当初好像是谁说才不稀罕天才什么的，那股劲儿怎么没了？

——往事不深究呗，你可别处处埋汰我就谢天谢地了。

01

你相信命运吗？

有些东西，如果是你的，那么就算走了也还会回来，不是你的留也留不住，这大抵就是"命里有时终须有，命里无时莫强求"的最通俗的解释了吧。

在爸爸毅然决然地签下离婚协议书，彻底离开家之后的某一天，我终于明白了这个道理。

虽然是时隔很久后，那时我已经不再是那个背着书包看到高颜值的肖奈师兄那种类型的帅哥会犯花痴的不谙世事的少女了。

少了爸爸的日子，虽然一时半会儿还有点适应不过来，但至少，只有我跟妈妈两个人的生活，也在往阳光灿烂的正能量方向前进。

大雨冲洗过的城市，焕然一新；雨水把城市的污垢，连同不好的过去，一同带走，人们也迎来崭新的生活。

早晨的空气里夹杂着一丝丝的甘甜与清香，在骄阳出现以前，我踏着清脆的步伐，赶到了学校。

咦？前面这个女生的背影，好熟悉啊，像娇媚！可是，女生挽着男生的手，依偎在对方的怀里，俨然一副小鸟依人的样子，尤为幸福与甜蜜。

不是不是，肯定不是娇媚，娇媚身边才不会那么快就出现这么帅的男生的。可当女生侧着脸准备过马路时，我的瞳孔瞬间放大三倍！

真的是林娇媚！

可是，那个与她牵手、相依相偎的男生是什么情况？

我百思不得其解，只有当即叫住那个家伙！

"娇媚！看这里这里！"我踮起脚尖朝娇媚挥手，示意她我正在她的对面。

就在她跟那个牵手的男生转过身的同时，我再一次惊呆了！

老天爷真可爱，大清早就给了我这么一个震撼的绝世好消息！而好消息的创始者，正是我的闺蜜娇媚和那个让我有一面心动之缘的橘辰熙的好朋友——顾宇凡。

一瞬间，我感觉这世界忽然乱套了，但又乱得相当有趣，并带有丝丝甜蜜。

"啊啊啊，老实交代，什么情况啊，这是？你们居然在一起了！"等

娇媚过了马路来到我面前时，我直奔主题，开门见山地问道。

"那个，小乐，你过来一下啦。"娇媚突然凑到我耳边，示意要跟我说悄悄话。

"坏蛋，这有什么不好意思的，你应该第一时间跟我分享的好吗？"我责怪娇媚没有把她跟顾宇凡交往的事实第一个告诉我。

而在这段悄悄话里，娇媚告诉我，在帮我打听顾宇凡的相关消息时，他的言谈举止温暖了她，让她瞬间就对他动心了。

没多久之后，她就跟顾宇凡表白了。

没想到顾宇凡也觉得娇媚相当有趣，在观影会的那天晚上他就注意到了她。

两人一拍即合，当然就很快在一起啦！

只是娇媚单方面觉得有愧于我，觉得本来应该是我喜欢顾宇凡的，却被她捷足先登了。

我立马就给了她一顿栗暴，随后又温柔地安慰她："我不喜欢顾宇凡啦，只是对他的身份比较感兴趣嘛，所以，根本就不会存在什么你抢了我喜欢的男生，千万别放在心上噢。"

至此，才打消了这场本不该存在的尴尬。

"嗨，我是顾宇凡，我们之前见过，幸会幸会。"顾宇凡主动伸出手来跟我打招呼，此时，他已经是我的好闺蜜林娇媚的正牌男友了。

他看着娇媚的样子，无时无刻不充满着宠溺与喜爱。

"嗨，我是言知乐，娇媚的好朋友。原来娇媚每次说去图书馆，都是借口啊！"

我真是个大傻瓜，到现在才反应过来。

"嘿嘿，我不是诚心骗你的啦。"娇媚红着脸说。

"臭丫头，居然背着我偷偷摸摸地谈恋爱。"我笑着跟娇媚打闹起来，把顾宇凡晾在了一边。当然，在我跟娇媚打闹的间隙，我用余光瞥见顾宇凡正饶有兴趣地看着我们，而我们大家之间，也并不觉得尴尬。

这一大清早的，娇媚就给了我一个粉红色的炸弹，不过是个好消息，值得开心。这下娇媚算是名花有主的人了，总算她那颗花痴的心有地方安放了。

"以后你是不是要经常虐我这个单身狗，午饭也不跟我一起吃了，图书馆也不跟我一起去了，放学也留我一个人走？你的全部时间都会留给顾宇凡了对不对？哼！"我用圆珠笔轻轻戳了戳坐在我前桌的这位陷入甜美初恋的家伙。

"才不会啦，我也会常常跟你在一起呀。再说了我们俩若是分分秒秒黏在一起，那橘辰熙也不乐意呢，人家橘辰熙跟我们家凡凡也是很好的朋友哦。"

"喔，橘辰熙啊。"听到他的名字，我心里微微地颤动了一下。

"咦，小乐，我发现一个奇怪的现象。"

"什么？"这娇媚尽出幺蛾子。

"我发现，现在提到橘辰熙，你居然不动怒了耶！嗯，是不是有什么不可告人的小秘密呀？如实招来。"

"呸呸呸，我才没有咧。"像是被娇媚一眼就把我的小心思看穿似的，我急忙辩解着。

"没有没有，那你脸红什么呀！啊哈哈。"

"哼，讨厌。"我的脸"刷"的一下，红得炽热，赶紧趴到桌上蒙住了头，一个劲地狡辩。

"好啦好啦，逗你的啦，瞧把你紧张的。"这家伙说了半天，这下才肯停歇下来。

不过我脸红个什么鬼啦！等等，我的心居然还"扑通扑通"地加速跳动呢！

我再摊开手来看，发现手心全是汗。

我这是怎么了？

我不由得趴在桌上开始思考这个问题。可是，脑子里又不自觉地浮现出跟橘辰熙一起伴着夕阳、吃着甜筒、一起漫步回去的场景。我们时而开心地交谈，时而默契地沉默，那段时光，仿若让我回到了当年和小少年一起的开心日子。

完了完了，言知乐，你要走火入魔啦！

02

一旦你想做任何事，你拼尽了全力，有时候连上帝都会帮你，正如我想要好运降临的这件事情一样。

这天最后一堂课是体育课，因为体育老师要生宝宝了，所以可以不用上课，这无疑是我们班最激动人心的事情。

最开心的，当然要数娇媚了，她可以提前跟她的顾宇凡约会啦！

而我，自然是早早地回家陪我妈妈，顺便看我最爱看的电视剧了。

回到家，老妈在厨房忙碌着，浓郁的菜肴香味时不时地从厨房里飘过来，我守在电视机前，看着最新一集的偶像剧，这无疑是最有幸福感的事情了吧！

只是妈妈今天略微有点奇怪，她一个人在厨房忙活了大半天，好像做了很多美味佳肴。

"老妈，今天是有客人来吗？"放广告的间隙，我探出个头朝厨房方向喊道。

"没有客人啊，就我们俩！来，我们吃饭啦，今天我们小乐要吃得饱饱的哦。"

老妈把热气腾腾的菜肴陆续端上桌，而这一桌，全都是我爱吃的妈妈的拿手菜——糖醋排骨、罗勒叶三杯鸡、陈皮鸭、白灼基围虾、红烧大螃蟹、上汤娃娃菜以及几样小炒素菜。

"老妈，你是要让我一口气吃成一个大胖子吗？"我看着这满满一桌只有我们两个人吃的夸张盛宴，吃惊地问道。

"来，慢慢吃，妈妈等会儿想跟你说件事。"

"好事还是坏事呀？"我正打算用手偷吃一块陈皮鸭，却被妈妈轻轻地打住了。

"洗手去，快。"妈妈的言辞里充满了暖暖的母爱。

"噢。好吧。"

想着一桌美味菜肴马上就能喂饱我可怜的胃，我立马冲到厨房，把手洗干净。

"什么？我不要跟你分开！"我夹起的一块排骨，刚要送到嘴里，就被妈妈的话吓得掉到了碗里。

老妈很无奈地告诉我，因为晋升的关系，她要去B城培训三个月，而现在又距离寒假还有一段时间，家里没有人能照顾我的日常起居，只能委托她的一个好朋友刘阿姨照顾我，让我暂时搬到她家去。等三个月的培训期结束，她立马就接我回家。

"小乐，就三个月，很快的，三个月一结束，妈妈就去刘阿姨家接你回去。"

"你不会跟爸爸一样不要我了吧？"我差点哭出声来。

"傻孩子，怎么会呢？就三个月啊，妈妈努力工作，也是为了让我们小乐过上更好的日子。"老妈越说越动容，一把把我拥入怀里，而拼了命忍住泪水的我，彻底地控制不住短暂分别的痛苦，终于眼泪决堤了。

可是，再怎么不想跟妈妈分开，妈妈的培训也是无论如何也不能耽误的。我只好整理好自己的情绪，平复好自己的心情，在好好吃完晚饭后，和妈妈一起收拾行李，搬去刘阿姨家。

刘阿姨的家在半山腰上。那里是白城最有名的别墅区，一座座独栋别墅，矗立在巍峨的半山腰上，像是与世隔绝，傲然屹立于城市之上的王者。站在上面俯瞰整座城市，流光溢彩，别具一格。

"哇……好漂亮哦。"我忍不住称赞了一番，虽说小时候我们家也住在富人区，但比起刘阿姨的这个独栋别院，那就逊色多了。

"刘阿姨人也很好，家里也很温馨。哦，对了，刘阿姨有个儿子，据说是跟你同一个学校呀，正好，你也有伴……"

"哎呀，佑真，你到了啊，我早说过让司机去接你，你还跟我客气。"还没等老妈说完话，一阵洪亮的女声便从门后传过来。

未见其人，先闻其声，这，肯定就是传说中的刘阿姨了吧。

"没跟你客气呀，雪莉。"果不其然，一个相貌慈祥、穿着得体的中年妇女打开了门。

老妈激动地迎过去。而接下来短暂的几分钟，便是刘阿姨跟妈妈寒暄且介绍我的时间。

"小乐真漂亮呀，佑真，你能让小乐过来住我家真是太好了。你也知道，我一直想有个女儿的，只可惜年轻的时候太忙，没顾得上生。这下好了，终于有个女儿可以让我疼一疼了！"刘阿姨紧紧地走过来拥抱我，脸上挂着喜悦的笑容。

"刘阿姨好。"我抿了抿嘴，轻轻地问好。

"哎，好女儿，真乖。别忙活了，我叫我儿子过来帮你们搬东西进屋吧。"刘阿姨很温和，跟阿姨的初次见面，并不是我想象中那种"寄养到别人家"的可怕，反而是出奇温馨，这让我慢慢消除了心中芥蒂。

"小熙啊，快出来帮忙啰。"刘阿姨朝屋子里叫了一声，转而又微笑

着拍了拍我的肩膀，继续跟老妈做短暂的叙旧。

等等，刚刚刘阿姨叫什么？

小熙？不会那么巧吧！

不知怎么的，我心里不自觉地想起了橘辰熙。尾音同名的人多了去了，不一定是他吧，心里隐隐地有些紧张和不安，我用手蹭了蹭裤管，将手心里渗出的细密汗珠在裤管上来回擦了个遍。

记得我从前看过一句话：心有所思念念之。因为心里或是脑子总是惦记着一个人，无论什么场合，都会臆想到对方会不会突然出现，而我此刻的状态，正好神奇地符合了！

想到这里，我紧张地把目光换到另一个方向。

"来了。"一个熟悉的略带磁性的男声从门里慢慢传里。声音愈是靠近，我的心愈是加速跳动。

"严阿姨，你好，我是辰熙。"

事实证明，那句所谓的"念念不忘，必有回响"一定是有它的道理的。因为我满脑子都是橘辰熙，所以他就真的在此时此刻出现在了我的面前，而且，我即将与他开始为期三个月的"同居生活"。

我想，上帝一定是跟我开了一个甜蜜的玩笑。

"嗨，呵呵，嗨。"我尴尬地从远处收回目光，对视上他那双此刻温柔倾泻的双眼。令我好奇的是，橘辰熙见到我并不觉得惊讶，相反，他表现得很顺其自然。

"小言同学，欢迎啊。"他从我手上拿过行李箱，并朝我做了一个令人愉悦的鬼脸。

"咦，好像小言和小熙是同校同年级的对吧，小熙？"刘阿姨笑眯眯地问。

"同校同年级是没错，只不过……言同学，你要不自己解释下？"橘辰熙扯了扯嘴角，笑得很贼地示意我把他的话接下去，好似我们之间这种独有的默契顺其自然地发生了。

"呃，是的，没错，我们还同系啦！只不过，我在F班，他在A班。"因为成绩差而被分到了F班，我羞愧得低下了头。

"哎呀，F班就F班，像小熙那样太天才了也不好呢，我连给他煮宵夜读书的机会都没有呢！不过，小乐，你来了就好啊，以后阿姨每天都给你煮宵夜哦。"刘阿姨因为橘辰熙每晚准时上床睡觉而没机会煮宵夜的状态而感到惋惜，转而想起我马上就要搬进来住，立马又眉开眼笑了。

"噢，好呀好呀，谢谢刘阿姨。"我抿着嘴，不好意思地笑道。

"小熙也要多照顾一下小乐噢，毕竟是女孩子，要多帮忙一些噢。"

"好……吧。"橘辰熙再次朝我吐了吐舌头，那个扮鬼脸的样子让我彻底对他之前孤傲冷漠的印象颠覆了！

又在一阵简单的寒暄之后，跟妈妈在拥抱中分别，老妈很放心地把我交给了刘阿姨，而我在她离开之前，也跟她说了几句贴心的话。

就这样，我跟橘辰熙抬头不见低头见的"过家家式的同居"生活正式开始了。

03

　　我常常琢磨不定自己的情绪，因为变化的速度飞快。所以我把我的心情比喻成天气，时而晴，时而阴，时而雷阵雨，时而大暴雨。

　　跟妈妈的短暂分别从而开始寄养的生活，本应该是觉得孤寂和难过的，但不知道究竟是什么力量使然，居然在确认是跟橘辰熙相处之后，心情立马从阴天转到了晴天。

　　"喂，我问你啊，你见到我的时候为什么不好奇？"

　　就在我准备去客厅拿水喝的时候，正好撞上了欲要回房间的橘辰熙。

　　"我需要好奇吗？"这个人说话总是一副很欠揍的样子。

　　"喂，能不能好好说话了？"刚开始住下，橘辰熙立马就表现出了一副很想跟我顶嘴的样子。

　　"我是说，我不像你，但凡见到任何事都要大惊小怪的。"终于说人话了。

　　"好吧，可是你到底是不是事先就知道我要住进来呀？"我豁出去了，刨根问到底，我不相信，橘辰熙居然对家里即将到来的新的长住客人不好奇。

　　"你猜。"橘辰熙突然画风一转，面朝着我，扬起了嘴角，双手环抱着手臂饶有兴趣地反问我。

　　"我不要。"反正依我的情商以及智商，是猜不出天才橘辰熙的内心世界的，索性就不再挣扎了。

　　"那随便你。"他欲要走，却被我没出息地拦下了，好吧，我承认，好奇心的使然，橘辰熙已经慢慢的激起了我的兴趣了，而我对他的态度以及印象，都在由坏变好迅速的过渡。

"喂，好了好了，我承认我头脑没你灵活，我也猜不出来，所以你告诉我呗。"

"嗯，知道就好。"橘辰熙果然很不客气，挠了两下鼻头又接着说，"行了，是我妈提前告诉我的，好了吧。"

"我就说嘛，不然你怎么见到我都不惊讶。"

"喂，即使没有提前知道，我也不会惊讶的。"说罢，橘辰熙便酷酷的给我甩下一个背影头也不回地回房间去了。

不知道这有什么好狡辩的，神仙见到熟人都还会眨眼呢，何况你还不是神仙。

我摊了摊手，回头想想橘辰熙假装狡辩的样子，觉得又可气又好笑。

翌日清晨醒来，睁开惺忪的双眼。

哇，昨夜发生的一切真的不是梦境，我真的搬到橘辰熙的家里来住了。刘阿姨还把我的房间用各种粉色的蕾丝装饰好，hello kitty抱枕，樱桃小丸子玩偶，所有一切都那么梦幻可爱。

我惊坐在床上，环顾着四周，足足发愣了五分钟。此刻我好像仿佛置于一个美轮美奂的童话王国，而我，正好是这个王国的公主，雪白的蕾丝窗帘，粉色的床以及粉色的书柜、沙发，所有一切粉色都在呈现着一种甜腻的感觉。

而我现在的心情，简直太幸福！

"砰砰砰……"

"砰砰砰……"

"来，来了。"直到门外一阵"咚咚咚"的敲门声，才把我从臆想的粉红色童话王国中抽离出来。

"小乐，起床啦，早点阿姨已经给你和小熙准备好喽。"刘阿姨暖暖的声音从门外传来。

"好，我这就起来啦。"

挠了挠凌乱的头，试图睁开依旧保持着睡意的眼睛，但无果，于是只能半眯着双眼，走下床，迈着小步伐缓缓地走向洗漱间。

"喂，呀！"听到橘辰熙浑厚惊讶的叫声，我才被吓得不得强行瞪大了眼。

"呃……"看着眼前红着脸的橘辰熙，我竟然一句话也说不出来。

"还看！还看！"橘辰熙一边对我轻声吼道，一边从置物架上拿了一条白色的浴巾往我头上一盖。噢，瞬间我的世界被蒙上了一层黑色。

我躲在白色浴巾里暗暗发笑，真没想到橘辰熙是那么害羞的人呀。

就在刚刚，我走进浴室被橘辰熙惊讶的吼声给惊醒之后，眼前的情景便是：橘辰熙左手扶着洗漱台，微微弯下腰，右手上下舞动着牙刷，嘴边满是细腻的牙膏泡沫。

他半裸着上身，身材曲线简直堪称完美，手臂上的肌肉也若隐若现。刚劲有力的样子简直完美。但与之格格不入的反倒就是他的那条大嘴猴短裤，显得稚嫩极了。

但即便是这样，男生的身体几乎半裸地出现在我眼前的时候，我的脸还是如同沸水般烧得滚烫。

他从镜子里看到我突然间的"闯入"之后，脸几乎是在一秒钟之间"刷"地红遍了。几秒钟之后橘辰熙才反应过来，从浴巾置物架上随手扯过一条白色浴巾就往我头上一盖，这不，我就成了现在这个被黑暗笼罩住的样子。

"喂，你赶紧把牙刷了、脸洗了出来吃早饭吧。"说罢，橘辰熙便像一阵穿堂而过的风，我在黑暗里感受着这场风，从我身边刮过，留下一阵清香。

等我彻底梳洗完毕来到餐厅的时候，刘阿姨早已帮我盛好丰盛的早餐，就餐的人员只有我、刘阿姨和橘辰熙。

据说橘辰熙的爸爸常年在国外忙着生意打拼，只有到过年过节的时候才会回来。

"小乐，快过来把早饭吃了，一会儿跟小熙一起去学校。"

"小熙，小乐刚来，一会儿你带着她认认路啊，两个人别走散了。司机会在大门口等你们，听到没？"刘阿姨一会儿招呼我吃早餐，一会儿又叮嘱橘辰熙好好照顾我。一大早，就忙得不可开交。

我拿起一块三明治，悄悄抬起头来，偷看了一下正在剥鸡蛋的橘辰熙。他这会儿正经严肃的样子，跟刚刚浴室里紧张的样子简直是判若两人。一想到他那副紧张害羞的模样，我便忍不住"扑哧"地笑出声来。

"没听说过吃饭傻笑的人，饭后会变得更傻吗？"橘辰熙冷不防地给我塞了一句话，这下换我变得尴尬了。

"小熙，不许这么说话。小乐啊，你别理会他，他就爱这样，啊，来，好好吃饭。"刘阿姨给我拿了一个鸡蛋，顺势教训了橘辰熙一番。

"吃饱了，走了。"橘辰熙喝完最后一口牛奶。

"等，等等我，阿姨再见啦。"我努力塞了一口三明治，一边抹抹残留在嘴边的奶酪，一边拿起书包紧跟上橘辰熙，嘴里还不忘跟刘阿姨说再见。

噢，我真是太忙了，简直手脚和嘴都完全停不下来的节奏。

就这样，我再一次跟橘辰熙并肩走在别墅区的小路上。

美好的清晨，鸟儿欢快，草木芬芳，一切都像是拥有好运气的征兆。

04

一天的课程中，我最喜欢的便是自习课了。因为自由，能随心所欲地看任何书。然而，今天的自习课，我却成了全班的焦点。

"喂，是橘辰熙耶。"

"哇，橘辰熙。"

"天哪，他怎么会来我们班？"

"简直太帅了！"

而此时的我，正专心投入在研究一道政治题，听到橘辰熙的名字，像是有一根锋利的针，瞬间把我耳朵给刺穿了似的，特别清脆悦耳。

　　我随着同学们的眼神望向门外橘辰熙站立的方向。

　　果然是他！

　　这么远远一看，还真的是帅呢，我轻轻咬了咬下唇，趴在桌上静静地遥望。

　　"哎哎哎，橘辰熙噢，小乐，你的大冤家该不会又来找你麻烦了吧。"娇媚转过身来跟我对视，挑了挑眉毛带着邪气的笑容跟我说道。

　　"我哪里知道呀！"我直直地盯着门口的橘辰熙，看也没看娇媚地回复道。

　　"啧啧啧，花痴了吧，你，这下望都不愿意望我了。"娇媚假装赌气道，可还没等我理会娇媚的怒气时，橘辰熙已经迈开步伐走过来了。

　　等等，他的方向！正好瞄准我课桌的方位，径直走来。

　　"扑通，扑通……"我这不争气的小心脏再一次没出息的极速跳动，伴随的是我愈发胀红的小脸蛋。

　　只见橘辰熙毫不犹豫地来到我跟前，俯下身来凑到我耳边轻轻的吐了吐气，一阵香气瞬间弥散开来，随后用他那个独有的浑厚的略带沙哑的磁性男声对我说："我妈让我们放学了立马回家，有家庭BBQ等着我们。"

　　我沉浸在他身上那股特有的天然香气中，再等我反应过来正准备跟他说"嗯，好"的时候，等待我的，已经是橘辰熙那个富有万有引力的帅气背影了。

　　等我理清好情绪，便忍不住低吼了一声"啊"以表示我此刻的兴奋。

　　"哼，小乐。"娇媚嘟起了嘴。

"嗯？"她越是这样一言不发地盯着我想让我老实交代，我的脸便是愈发地红了。

"你有秘密，哼！不告诉我的话，我们俩的友谊就到此为止。"说着，她便叉起了腰，露出了一副"不说势必要绝交"的样子。

"好啦好啦，我说，我说。"拗不过娇媚，我只好一五一十地跟她交代了住进橘辰熙家的过程。

"什么？这么劲爆的消息，你居然现在才告诉我！"娇媚听到我跟橘辰熙住在同一个屋檐下的消息后瞳孔放大的范围至少要比现在大个五倍。

"嘘……小声点啦。"怕消息被大家知道，传到橘辰熙的耳朵，我这条小命也就不保了，毕竟我答应过橘辰熙，要对住进他家这件事情绝对保密的。

"喔喔，嘘。"娇媚立马就意识到了此事不能张扬，不过接着又小心翼翼地对我说："依我看呀，小乐，你可以好好把握住机会噢，不能让橘辰熙这个高颜值的天才就这么白白溜走噢。"

"喂，脑子里这么尽是这些事情呀，讨厌。"

虽然我嘴上表现得一副强烈拒绝的样子，但心里，早已乐开了花。

年少的我，对爱意感到懵懂，我不知道这种能让我心跳加速的一个人是否就是我喜欢的人，不知道这样一个动不动就能在脑子浮现他的影子，嘴上提到他的人是不是就是我青涩时期的一种暗恋的情愫。

青涩懵懂得像娇媚跟顾宇凡那样手牵手的爱情我不确定，但至少，我对橘辰熙的态度，是跟对别的人不一样的。

05

自从橘辰熙跟我说放学早些回家后，我便一颗心全力等待那阵"丁零零"的铃声。

好在下课的铃声准时响起，我飞快地收拾好了书包，然后往校园外飞奔而去。

橘辰熙家的司机今天没有来学校接他，所以我也就没有车坐，只好自己坐公交车。从学校到橘辰熙家里，路程不是很远，但是只有一趟车是直接开到半山腰的。

等了十分钟之后，我终于上了车，五六站路之后，车子就到了终点站，我急急忙忙下了车，往橘辰熙家所在的别墅区跑去。

就在靠近别墅大门的时候，我看见早上送我和橘辰熙上学的车子从别墅的大门里面开了出来。

路过我的时候，车子缓缓停了下来，坐在后座的刘阿姨摇下车窗，跟我打招呼道："小乐，你回来了啊！"

我迎了上去，有些诧异地问道："阿姨，您这是要去哪里呀？橘辰熙不是说今天晚上家里有BBQ吗？您不参加吗？"

"哦，本来是安排了一场BBQ欢迎你入住我们家的，不过阿姨临时有事，需要外出一趟，估计不能早回了，所以BBQ只有改天再举行了。"刘阿姨一脸歉意地说道。

"哦，没事，阿姨，您忙您的吧，不用管我的。"我急忙摆摆手，表

示没有关系。

"嗯，那晚饭你和小熙一起在家里吃。家里的食材都是现成的，让小熙给你做就行，他做饭还不错哦！"说着，阿姨朝我挤了挤眼，大概是想到了橘辰熙做饭的样子吧。

"好，我知道啦。"我笑着回应刘阿姨。

没想到橘辰熙还会做饭呢！这跟他以往高冷的形象可是很不符的！好想看看橘辰熙做饭是什么样子。

跟刘阿姨告别之后，我一边想着这些事情，一边兴奋地往橘辰熙家的别墅走去。

"辰熙，能帮我倒杯水吗？"刚走到别墅门口，我就听到里面一个悦耳的女声在说话。

推开门之后——

"啊，你是？"

"呃，她是？"我跟陌生的女生同时发出了质疑声，并且我们俩齐刷刷地把目光投到了橘辰熙身上。

"呃，介绍一下，韩笙雅，一个远方亲戚。"橘辰熙伸出修长的手指，指了指对面那个陌生的女生，向我介绍道。

"言知乐，住在我家的，我妈朋友的女儿。"

简单地说了两句后，橘辰熙就像没事人一样从我们中间穿过，径直走到茶水间去倒水，只留下尴尬的我和韩笙雅。

我用眼角的余光小心翼翼地打量着眼前这个陌生的女生。她尖尖的眉毛修得相当整齐，有一双丹凤眼，看起来目光甚是凌厉，给人一种不太友好的感觉。

"言知乐，你会煮饭吗？"当我准备再好好分析一下韩笙雅的时候，橘辰熙一把把我叫住，成功转移了我的注意力。

"啊，什么？"不过，刚才我满脑子都在想韩笙雅的事情，没有听清楚橘辰熙问了我什么。

"我来做菜，你来煮饭，可以吗？"橘辰熙拍了拍我的头，问道。

"哦，好，好，当然没问题。"我急忙点头答应。

"噢，对了，我们功课还没弄完，我晚点再弄，你先煮饭。"

可恶的橘辰熙，在陌生人面前还这么对我，对我又是拍又是使唤的。

可是，我好像又不能说不。

在答应了橘辰熙之后，我就走进厨房，准备洗手淘米。橘辰熙把倒的水递给韩笙雅，两人有说有笑地谈论什么，走进了房间。

他们讨论的话题，很显然是我听不懂的东西。

傍晚时分，太阳悄悄地落到了山的那头，还剩一些余晖折射到厨房里，让整个厨房都蒙上一层橙色的光晕。

我落寞地在厨房里淘米做饭，本以为回来等待我的是美滋滋的BBQ，哪知道除了韩笙雅的不友好，就是橘辰熙的颐指气使。不过，橘辰熙真的很会做菜吗？待会儿他会做什么拿手好菜给我们吃呢？

一想到这里，我又不禁好奇起来。

"哈哈……"

"呵呵……"正在这时，从隔壁书房里传来橘辰熙和韩笙雅交谈的笑声，我突然觉得这些笑声是那么刺耳。不是说辅导功课吗？怎么会那么好笑？我也不知道自己心里是怎么想的，当即就决定端着两杯刚刚用微波炉温好的热牛奶去他们房间，顺便看看他们究竟在谈论些什么。

我踮起脚尖，轻轻地挪步到书房，就在我打开书房门的那一刻，便看到了韩笙雅急急忙忙关抽屉的动作和慌张的表情。

天哪！她居然在翻橘辰熙的抽屉和钱包！而橘辰熙这家伙，也不知道跑到哪里去了！

"韩同学，你怎么乱翻橘辰熙的东西啊？"看到韩笙雅急急忙忙合上橘辰熙的抽屉，我赶紧把牛奶放到一旁，带着些许的怒意与她对质。

韩笙雅"咳"了两声，抖了抖肩，转而换了一副很不以为然的表情对着我说道："我有吗？你有证据吗？"

"喂，韩笙雅！"听到她这样的态度，我就意识到她不是一个好惹的对象，并且很会伪装。

"干吗叫这么大声？我又不聋，能听到。"她朝我翻了一个白眼，嘴角还扯过一副冷笑的表情。

"我刚刚亲眼见到你在翻橘辰熙抽屉里的钱包，还有一个笔记本。我推门进来之后你才合上的，别想骗人了！橘辰熙很不喜欢别人动他的东西的！"这件事要是被橘辰熙知道了，指不定他要发多大的脾气呢。

"你怎么知道我动了他的钱包，看了他的日记本？你在门口，我在书桌前，那么远，你看得清吗？"韩笙雅果然是个厉害的主，她继续为自己狡辩。

"喂，你怎么能这样骗人呢？你不该……"

还没等我说完，我就冲动地走上前，扬起手指着物证准备跟她对质，却不料把原本桌面上的一杯水给打翻了。

更不巧的是，那杯水竟然泼在了韩笙雅的裙子上。

水瞬间雾化开来，把她的裙子湿了一大片。

"啊……"韩笙雅一阵尖叫，橘辰熙闻声从洗手间赶了过来。

他看着眼前的画面，起先愣了愣，转而转身质问我："喂，言知乐，我就是上个厕所，你又惹什么事了？"

"辰熙，是这样的。我刚才想要找一本英语单词书，谁知道知乐进来看到，不分青红皂白就把我骂了一顿，说我乱翻你的东西。我跟她解释，她不听，还故意把你倒给我的水打翻了，害我裙子都弄湿了。"韩笙雅抢在我前面，委屈地哭诉道。

"你说谎！我刚才明明看到你在翻橘辰熙的抽屉，动了里面的钱包和笔记本，别以为你动作快我就没看到。"对于韩笙雅歪曲事实的行为，我感到非常气愤，"而且，那杯水我也不是故意打翻的，那只是个意外。"

"你真的动了我的钱包和日记本吗？"橘辰熙看了看我，又看了看韩笙雅，面无表情地问道。

原来那个笔记本，是他的日记本啊！没想到他这样的高冷男神也会有记日记的习惯啊！不过，这个时候，我好像不应该关注这个吧！

"没有，没有。喏，我只是找你之前告诉我的那本英语单词书。你说

这本单词书很好的，对于提高我的英语成绩有大大的帮助，所以我就想找来看看。"韩笙雅一边解释一边把手上的单词书扬了扬。

橘辰熙似乎相信了她的解释，脸色立刻就缓和了很多。

韩笙雅见状，又开始嘟着嘴，抖了抖自己湿掉一块的衣服，看着我说道："不过，我说知乐呀，这水是辰熙帮我倒的，我还没来得及喝呢，就被你打翻了，你看看我这衣服要怎么办吧？"

"我说了不是故意的！而且，而且你衣服也只湿了一点点……"我试图将这件事圆过去，可是还没等我说完，橘辰熙的声音就在耳边炸响。

"言知乐！上次在电影院里你就莫名其妙地把我给泼湿了一身，现在还泼到我家里来了吗？"

我被橘辰熙完全相信说谎的韩笙雅而不相信我，还大声吼我的行为完全激怒了！

"我说了不是故意的，你怎么就不相信我？"我努力克制着自己即将奔涌而出的眼泪，压着声音对他喊道，"你什么都不知道，就不要对我乱发飙！"

为了不让自己更尴尬，我一把推开挡在门口的橘辰熙，冲了出去。

情绪在出门的那一瞬间，彻底崩塌，而眼泪就像决了堤，哗啦啦地往下流。

橘辰熙，你不应该是这样不分青红皂白就乱咬的人啊，因为对方是韩笙雅吗？

你太让我失望了！

04

第四章

你心底有片静默的海

Dian qi
Jiao jian
Qinwen xingfu

——什么？你居然跟橘辰熙住到了一起了？天哪，好幸福呀！

——呸呸呸，我都难过死了。

01

自从那天在韩笙雅面前跟橘辰熙激烈地争吵过后，我跟橘辰熙之间就再也没有说过一句话。这样的日子，一过就是三天。

可是，我们每天同住一个屋檐下，抬头不见低头见，总是会有很多尴尬的碰面场景。

无论是在饭桌上吃饭，还是在客厅里看电视，又或是在阳台上晒太阳，甚至上厕所或者拿衣服洗澡的时候，都能与他面对面地"相撞"。

听说人与人相处的时间以三天为限，三天能改变一个状态。不是你找对方，就是对方找你。要不然就是一种最坏的可能：彼此继续冷漠，直至绝交！

一想到这个可能，我心里就焦急起来。

不要绝交啊！

我不要和橘辰熙绝交！

不要因为韩笙雅那样虚伪的人而和橘辰熙绝交！

可是，我那天夺门而出时，一脸得意的韩笙雅和怒气冲天的橘辰熙的脸又交替出现在我的脑海里。橘辰熙居然选择相信满口谎言的韩笙雅而不相信我，实在让我咽不下这口气。

就在我左思右想，不知道要怎么办的时候，我的房门被人敲响了。

"砰砰砰……"我躺在一堆玩偶之间，在听到房间的敲门声后，立刻坐直了身子。

"刘阿姨，是你吗？"我小心翼翼地问道，但回应我的，却只有一阵沉默。

如果不是刘阿姨，那就是橘辰熙了！

可是，我们已经整整三天不说话了，你真的会来找我吗？

"谁呀？"见对方迟迟不应答，我只好再次出声，打破这种属于夜里独有的万籁俱静的沉默。

还是没有人回答我。

我推开把我围住的小丸子巨型抱枕，轻轻走下床，踮起脚尖，慢慢往门口的方向靠近。

"咳咳咳！"我故意发出一阵咳嗽的声音，但换回来的，依旧是一阵沉默。

真是奇了怪了，既然都来敲门了，杵在那里一言不发是什么意思呀？

强烈的好奇心促使我一定要去门口一探究竟，于是伸出手，慢慢打开房间门。

门被打开的第一眼，我就发现地上躺着一个小小的礼物盒，噢，不是一个，是一排。

那是粉色蕾丝边的精致小礼盒，依次排开，一直排成一条通往客厅的直线。礼物盒子的起点是我的房间门口，放眼望去，却看不到终点，只能看出它们是穿过客厅、朝着露天小阳台的方向伸展开去。

哇，如此特别的场景我还只在电视剧里看到过呢！

此刻我所见到的这样真实的场景，会是谁做的呢？

该不会是刘阿姨出远门给我带回来的礼物和惊喜吧？

想到这里，我便好奇地拾起停留在脚边的第一个礼物盒，想看看里面到底是什么。但是，一想到礼物一直延伸到阳台，又忍不住想看看阳台的尽头是不是有更大的惊喜。我便拿着礼物盒，沿着那条线，一直往前走。

在橘辰熙家，露天阳台的布置与装修，绝不逊色于客厅和卧室。

柔软的榻榻米沙发边上，是一个白色的木制休闲秋千，而此刻正坐在沙发上的那个人，就是那个三天前误会我，跟我争吵并且已经三天不与我说话的橘辰熙！

此时的他，正穿着白色T恤、休闲长裤，惬意地坐在柔软的沙发上，一只手还晃动着旁边的白色秋千。晃眼的一瞬间，我差点以为他就是《微微一笑很倾城》里那个我无时无刻不对他流哈喇子的肖奈师兄。

天哪！从侧影来看，简直太像了！

"反应真慢。"听到我细碎的脚步声，他侧对着我低吟了一声，顿了顿后，转过身来撞上我惊呆了的双眸，"我等你半天了。"

等我？

他用温柔得能把人融化在夜晚凉风里的声音对我轻轻说道。

这是我第一次在这样静谧美好的环境下跟橘辰熙单独相处。

已经三天不说话了，打破冷漠后的温情场面，让我不免有些尴尬。不过，这是一种害羞得满脸通红的尴尬。

"晚，晚上好。"我一时之间不知道如何应付这种场面，转而又支支吾吾地补充道，"你这，这些，是弄的什么呀？"我指了指这一路上的粉红小礼盒，有些不解地问道。

我还以为是刘阿姨给我的礼物和惊喜呢，没想到这些都是橘辰熙安排的吗？

是橘辰熙给我安排的吗？

我有点不敢相信自己的猜想。

"当然是为了给你指路，不然你以为是什么？"橘辰熙转过身，傲娇地说道，然后指了指一旁茶几上的一个大大的礼盒，"打开看看吧！"

"啊，这又是什么？"我惊讶地问道。

"打开就知道了！"橘辰熙有些不好意思地看向别处。

他这是在害羞吗？

我在他别扭的表情下，放下手中的粉色礼物盒，慢慢拆开了那个大大的礼物盒。

"哇，满满一大盒香芋味的五羊甜筒！你怎么知道我爱吃香芋味的？"此时此刻，我的心情已经找不到合适的形容词来形容了。

"少废话！你要是再磨磨蹭蹭，甜筒就都要融化了。"橘辰熙一边说着，一边从里面拿出一个甜筒塞到我口里，"其他的自己放冰箱去吧！"

"滋滋滋……"整个甜筒被橘辰熙猛地塞到口里，冰得我一下子没反应过来。

在橘辰熙的催促下，我一边把甜筒咬在嘴里，一边抱着满满一大盒甜筒往冰箱走去。

这下好了，以后我可以每天早上吃一个、中午吃一个、晚上吃一个、睡觉前再吃一个了。嘿嘿，娇媚要是知道我有这么多五羊甜筒吃，是不是要嫉妒死啊？

我心里美滋滋地想着，把一大盒子甜筒一个一个塞进冰箱。

等我回到阳台的时候，橘辰熙又指了指一路的粉色礼物盒，慢悠悠地说道："还有地上这些，别忘了都收走。"

"啊，这些真的都是给我的吗？"我简直不敢相信自己的耳朵。

"那个，那天……对不起，我不该不分青红皂白就吼你。今天的甜筒和地上这十一份小礼物，算是我对你的十二分歉意。" 橘辰熙越说越小声，完全没有了之前的傲慢。

天哪，这个人真的还是橘辰熙吗？

他居然主动跟我道歉，还精心准备了这么大的阵仗！更是贴心地送我十二份礼物！

　　我简直有些飘飘然起来，感觉此时此刻的自己，就跟众星捧月的公主一般，拥有着满心的幸福和满足。

　　"橘辰熙，谢谢你！我长这么大，从来没有收到过这么多礼物！"我把所有的粉色礼物盒都收到一起，一个个慢慢拆开，越拆越觉得幸福感爆棚，最后看到一桌子各种少女心满满的小玩意儿、巧克力、精美文具和饰品时，眼泪不由自主地盈满了眼眶。

　　橘辰熙，谢谢你！

　　谢谢你放下身段，主动跟我和好！

　　谢谢你精心的准备，带给我这么多感动！

　　谢谢你让我觉得这个静谧的夜晚，是这么温暖！

　　经历了今晚这一场"粉红炸弹"，我跟橘辰熙的冷战完美结束，我们又回到了刚开始那种时而和睦相处、时而吵架斗嘴的快乐日子。

　　这天夜里，我回想着橘辰熙用心制造的这一场道歉礼，躺在床上辗转难眠。而在娇媚打来电话过来告诉我一些事情的时候，我更是直接从床上跳了起来。

　　"小乐，我问你哦，今天下午顾宇凡突然问我你喜欢吃什么口味的五羊甜筒，他说是橘辰熙问的。你们到底什么情况啊？"

　　"橘辰熙特意问的吗？"听到这个消息，我觉得这一切真是太不可思议了。

　　"千真万确呀。"得到娇媚肯定的回答，我的心更是小鹿乱撞了！

原来橘辰熙冷酷的外表下，竟然是一个如此细心的暖男！

我再一次被橘辰熙深深地感动了。

不过话说回来了，这样一场精心的道歉礼说明什么呢？

什么也说明不了吧！

想到这里，我的心情瞬间从云端跌到了谷底，还伴着一丝丝失落。

02

第二天，一抹格外清亮的阳光从窗外折射到房间里来，我在一阵清脆的鸟叫声中醒来。听到门外刘阿姨温柔的招呼声，我便赶紧起床，快速梳洗完毕，来到餐厅，享受丰富的早餐。

刘阿姨最后把烤好的德式黑麦酸奶面包端上餐桌时，橘辰熙正在翻开自己钱包，又迅速地合上，放到了自己的书包里，假装无所谓地喝了一杯青柠水，以掩盖自己几秒钟之前慌乱的紧张感。

但橘辰熙这个笨蛋并不知道，我早就偷偷地在旋转楼梯拐角处目睹他愣神发呆看钱包的画面了。

细碎的阳光从窗户外透进餐厅来，一丝丝微光洒落在他曲卷的睫毛上，他那专注的样子，以及微微上扬的嘴角，令我不免有些痴迷。

彼时的橘辰熙，正全神贯注地盯着他钱夹里的某一个东西，似乎是一张照片。只见他时而用手指轻轻地擦拭钱包上的一角，时而微微笑，脸上的表情温柔极了。

他究竟在看什么东西？

是不是和韩笙雅偷偷翻他钱包时看到的东西一样？

他那么珍视、让韩笙雅又那么介意的东西，到底是什么呢？

我不免有些好奇，最后还是忍不住开了口。

"橘辰熙，问你一个问题。嗯……一般来说，你们男生会把什么东西放在自己的钱包里，当宝贝一样呢？"问题一抛出，我瞬间觉得自己实在太聪明了，竟然能想到这么隐晦的办法。

然而，我自以为是的机智，在橘辰熙这种天才面前，只会自取其辱。

"你猜？"他先是微微愣了几秒，然后用这两个字彻底把我击败了。

我顿时觉得自己的小心思被他完全看穿，有些羞愧难当。

"我才不猜呢，反正猜也猜不到。"我垂着脸伸手去拿了一片面包，顺便涂抹上一层厚厚的巧克力酱。

"所以啊，不要企图晒自己的智商。我知道你想问我钱包里装的是什么东西，但我偏偏不告诉你。"说罢，他还朝我做了一个鬼脸。

"不说就不说呗，哼。"打听钱包里的秘密不成功，反而被橘辰熙嘲笑了一下智商，让我挫败极了。

唉，我不免有些感叹，昨天那个精心准备一场大惊喜给我作为道歉礼的橘辰熙，怎么仅仅一个晚上的时间，就又变回了以前那个冷漠傲然的样子呢？

接下来的时间，橘辰熙安静优雅地吃着早餐，而我，嘟着嘴巴憋着气，好不容易才把嘴里的食物咽下去。

周末的时光，总是特别美好和自由。

没有自习课和教科书的舒服，简直太完美了。

然而，跟橘辰熙共处一室的周末，却是开心和赌气两种情绪混合的。

"喂，小乐，下午我们要不要去游乐场坐海盗船？听说今天所有的项目直接五折哦！"娇媚的一通电话打过来，让原本在房间里百无聊赖的我，瞬间从床上跳了起来。

"所有的项目直接五折？！"我不敢置信地重复道。

"对啊，今天是他们的周年庆。我们要不要一起去啊？"

"去！这么难得的机会，干吗不去？"

"那下午两点，阳光公园大门口见咯。"

"好咧！不见不散！"

"不见不散！"

跟娇媚约好了时间后，我兴奋地挂上电话，冲到衣橱前挑下午出门要穿的衣服。

美好的周末，游乐场，我们来咯！

不知道橘辰熙这个周末，有什么打算呢？

我挑选着衣服，脑子里忽然闪过这个问题。刘阿姨每天都给自己安排了很多活动，周末当然也不例外，而我下午会跟娇媚去游乐场大玩特玩，那橘辰熙呢？如果他没有其他安排，岂不是就剩他一个人在家了吗？

不过对于那么天才的他，或许更享受一个人的周末呢。

不管了！他那么骄傲，我干吗要管他？

离下午出门还有一些时间，我看会儿电视消磨时间好了。

正当我打开房门想要往客厅走的时候，从橘辰熙房间里传来一阵隐约的电话通话声。

"高数课吗？"

"矩阵部分？好！"

"下午两点到吗？没问题！"

"不用，我不喜欢草莓味的蛋糕。什么都不用带，家里有吃的。"

"嗯，下午见。"

我情不自禁地走到橘辰熙的房门口，从他半掩的房门里传出来的声音不算大，但是已经足够让我听得一清二楚。

当橘辰熙挂完电话走出房门的时候，我还愣在他究竟在跟谁打电话和下午到底是谁要过来的思考中。

"喂，你还有偷听别人讲电话的爱好？"一个愣神，橘辰熙已经双手抱着肩膀靠在门口边上打量我了，直到他发出质问，我才回过神来。

"啊，那个，我，其实没有偷听，我只是路过。"我支支吾吾地狡辩着，不过一听就知道，我是个不会说谎的美少女。

"哦？是吗？"橘辰熙明显不相信，又继续试探我，"如果我猜得没错的话，看你刚才傻傻的样子，应该是在想我在跟谁打电话，没错吧？"

"哦，那你刚刚到底是在跟谁打电话啊？是谁说下午要过来啊？"话一说出口，我简直想找个地缝钻进去，橘辰熙这家伙真是太可恶了，居然骂我傻。

"啧啧啧，真是为你的智商着急，终于承认了吧。"他嘴角浮过一抹侥幸的笑，从我身边走过。

"喂，到底是谁要来啊？"我不依不饶，像是有一股无形的力量，在唆使我一定要问出个所以然。

"既然你那么想知道，我就勉为其难地告诉你好了，就是之前跟你还闹过不愉快的女生。"

"谁啊？到底！"我有点懵，继续追问着。

"用你装着豆腐渣的脑子仔细想一想。"

之前跟我闹过不愉快的女生？

不会吧？难道又是韩笙雅？

"啊啊啊，你不要告诉我，韩笙雅又要来家里啊？"说出她名字的时候，我不禁打了一个冷战，我对那样的心机深沉的丫头真的是避之唯恐不及啊。

"嗯，今天脑子发挥得还不错。"说罢，他便随意给我抛出了个很不以为然的表情，然后朝客厅方向走去了。

韩笙雅为什么又要来？

她究竟想干什么？

我的心里慢慢地滋生出一丝不愉快，俨然盖过了游乐园周年庆带来的兴奋感。

我垂着头，悻悻地回房间里。

听到这样的消息，我一点穿衣打扮的心情都没有了。

不知道为什么，只要一想到下午韩笙雅要来家里，会跟橘辰熙单独相处一下午，我的心里不禁涌起一阵失落，甚至还有一丝怒意。

只要想到他们会单独相处，我内心就有千万个不愿意。

一阵无形的伤感情绪，一下子涌上了我的心头。

我这是怎么了？

03

午后，骄阳炙烤着大地，若是没有任何防晒措施地站在太阳底下半小时后，估计马上就要被晒黑和晒伤。

眼看就快到跟娇媚约定好的时间了，我强忍着不太愉快的心情，随便换了一套衣服就准备出门。哪知道在玄关穿鞋的时候，"砰"的一声，我一个不小心，膝关节竟然撞到了木质鞋柜的一角，疼得我下意识地咬紧了下唇。

疼痛加上糟糕的心情，让我的眼泪在此时此刻不争气地流了下来。

"喂，你没事吧？"听到声响，橘辰熙从客厅走过来，看着我问道。

"没事。"因为眼睛已被湿润的泪水灌满，所以我只能低着头，收起哭腔，假装镇定地回答他。

"哦。好吧。"

"祝你下午跟韩笙雅玩得开心。"我忍着心里有些酸楚的情绪，口是心非地说道。

"你想哪里去了？韩笙雅只是过来跟我请教功课的，不要想太多！"

橘辰熙破天荒地解释道。

"反正今天下午只有你们两个在家啊，谁知道你们是不是讨论学习？"虽然听到他的解释，我的心里有那么一点点小开心，但是嘴上还是下意识地透露出其他的情绪。

此时此刻，我也不知道这样的自己意味着什么。

从什么时候开始，我这么介意橘辰熙和别的女生单独相处了？

"懒得跟你解释。"橘辰熙似乎不想就这个话题继续说下去，转身准备走回客厅。

他语气中透露出的不屑让我开始萌生的一点点开心瞬间消失殆尽。一激动，我"咚"的一声便站起来，准备也不再理他，出门跟娇媚好好玩一下午。

"啊——好痛！"可是，我忘了之前的教训，猛地一起身，再一次在同样的地方撞了一次。

本来已经被撞青的地方再一次遭受痛苦，痛得我忍不住叫了出来。

"怎么了？"听到声响，橘辰熙停住脚步，回头紧张地问道。

"没事，不小心撞了一下而已。"我揉了揉膝盖，勉强站直身体。

橘辰熙两三步走过来，看着我用手揉着的地方，语气很不好地责问道："怎么老是毛毛躁躁的？出个门而已，用得着这么着急？"

说着，他脸色很不好地走回了客厅。

真是的，被撞痛的是我，又不是他，他干吗生这么大气？

自己下午两点要跟韩笙雅约会，我不急着出门，难道还在家里看着他们卿卿我我、有说有笑吗？

我闷声闷气地嘟囔着，拿着自己的随身小包，一瘸一拐地打开门。

"等一下！"就在这时，橘辰熙的声音传了过来，人也飞快地走到我身边，手里还提着一个医药箱。

他这是要给我处理撞伤的地方吗？

就在我愣神的时候，橘辰熙强行把我按到身边的椅子上，轻轻卷起我的裤腿，用蘸着酒精的棉签给我轻轻擦拭着。

"滋滋滋——"在酒精的刺激下，膝盖传来一阵阵刺痛。

我忍不住往伤口看过去。

这不看不知道，一看吓一跳。

我刚才以为自己只是撞青了而已，没想到两次撞到同一个地方，虽然只是木质的柜子角，也足够让它破皮流血，难怪让我痛得眼泪都下来了。

我看着一脸严肃的橘辰熙，他轻手轻脚的动作像是在呵护最心爱的东西，让我有一瞬间的失神。这样的橘辰熙不像平常那个冷傲的橘辰熙，倒是和之前那个给我送道歉礼的橘辰熙重叠了起来。

就在我失神的档口，橘辰熙已经给我的伤口消了毒，喷上创伤药，用纱布和医用胶带包扎好了。一系列的动作，流畅自然，像是经过了专业培训一般完美。

我又不禁在心里感叹，天才就是天才啊，连这种意外处理都能做得这么棒。

"橘辰熙……"我小声地开口，准备跟他说谢谢。

可是，橘辰熙收起医药包，面色冷冷地说道："别感动！我只是不希望我妈回来说我没照顾好你！你可以走了，待会儿韩笙雅就要到了。"

又是韩笙雅！

"好，我走了！"我气鼓鼓地站起来，走出门，回头丢给他一句，"都是你家这个鞋柜没摆好，才害我受伤，所以，我才不会感动呢！"

一路上，我都在一边骂着橘辰熙家的鞋柜，一边气鼓鼓地想着，橘辰熙这个人怎么这么奇怪，简直让人捉摸不透。既然他对韩笙雅那么在乎，为什么还要那么大费周章地给我准备道歉礼，现在又这么细心地给我处理伤口？可是，转眼又对我那么不耐烦……

我边走边想着来到了公园大门口，远远就看到一身运动装的娇媚等在那里了。看到我出现，娇媚开心地迎了上来。

"小乐，你怎么才到啊？我等你老半天了！"娇媚过来挽着我的手，带我一起朝公园里面走去。

"哦，出门时不小心撞到膝盖了。"说着，我指了指自己的膝盖。

"啊，你怎么搞的？要不要紧啊？"娇媚关心地问道。

"没事啦，已经处理好了，现在一点都不痛了。"我勉强露出一丝笑容回答道。

"你骗人，你看你的脸色，一点都不像没事的样子！"娇媚不相信地说道，"是不是伤没什么大碍，反倒是心情不好啊？啊，该不会是你和橘辰熙在家里打架了吧？"

"娇媚！你别乱猜啦！"听到娇媚的脑洞开那么大，我赶紧解释道，"我怎么可能跟他打架啊？真是我自己不小心撞到的，这伤口还是他帮我处理的。"

"真的吗？橘辰熙帮你处理伤口了？那简直太帅了好吗？可是，你怎么还是看上去一副不开心的样子啊？"娇媚惊为天人地嚷嚷道，好像橘辰熙给我处理伤口是什么了不得的大事一样。

"唉，我们不提他了好吗？"我有些懒得解释，似乎怎么解释也都有些说不清楚。

"噢，看来是又闹别扭了啊！还是我们家宇凡好啊，从来都不惹我生气，只会哄着我。"娇媚得意地说道。

"拜托，不要拿我们跟你们相比，你跟顾宇凡是情侣，我跟橘辰熙只是室友。"说到这里，我突然意识到一个问题，"对了，难得今天全场五折，顾宇凡怎么没来？"

"他今天家里有事，所以不能陪我来啦！"娇媚狡黠地笑了笑，"不然，我会让你死活也拖上橘辰熙一起来的啦！"

"我拖他他也不会来啊，人家可是佳人有约呢！"说到这里，我脑子里忽然浮现出韩笙雅到家后跟橘辰熙说说笑笑的场景来。

"佳人有约？和谁呀？"娇媚想了想，又猜到了什么，凑在我耳边说道，"啊，我知道了，难怪小乐你看起不太高兴，肯定是因为橘辰熙约了别的女生，你吃醋了！哈哈！"

"什么吃醋？我又不喜欢橘辰熙，娇媚，你别乱点鸳鸯谱啦！时候不

早了，我们快去玩海盗船吧！"说着，我便拖着娇媚往公园里的游乐场走去。

我又不喜欢橘辰熙，说什么吃醋呢！我只是，我只是有些不适应橘辰熙的多变罢了。

对，一定是这样的。

好吧，既然心里不愉快，那就玩个彻底吧！

痛痛快快地玩，把那些烦闷全都抛在脑后！

因为全场五折，所以今天游乐场里的人超级多，每个项目前面都排着长长的队。我和娇媚每人买了一个五羊甜筒拿在手上吃着，在长长的队伍后面排着。

突然，娇媚眼尖，发现了队伍外面有一个熟悉的身影。

"嗨，苏小北！苏小北！这里！这里！"娇媚跳起来打招呼，成功吸引了苏小北的注意力。

这个苏小北就是这个学期才转学到我们班的新同学。

之前我们跟他都不太熟，不过，娇媚这个丫头，跟谁都能很快地熟悉起来。

"嗨，你们好……"听到呼唤，苏小北立马转过头来回应，朝我们的方向走过来。

"你一个人来的吗？"娇媚热情地跟苏小北聊了起来。

"对啊，我家就住附近，听说今天游乐场周年庆，所以也来凑凑热闹。其实我还挺想坐的，不过看了半天还是不敢，因为我有点恐高。"说到自己的弱项，苏小北的脸有些微微泛红。

"要不，我们三个人一起玩吧？"我主动提出建议，"大家一起玩的话，你可能就没那么恐高啦！"

"对啊，和我们一起坐吧！"娇媚开心地附和道。

"是，是吗？"苏小北还是有些担心。

"哎呀，来吧，别犹豫了！我和娇媚会保护你的！"说着，我们把苏小北拉进了队伍里。

终于轮到我们了。

"嘿，苏小北，你紧张吗？"找到自己的船舱位置，确认好安全带都扣上之后，我微笑着望了望苏小北，问道。

"呼……"他深深地吸了一口气，额头上渗出了一些细密的汗珠，两只手互相揉搓着，看起来还是一副很紧张的样子。

"放轻松一点呀，没事的，有我和娇媚在呢。"我轻轻地拍了拍他的肩膀，希望能传递一些安全感给他。

"好的，我尽量吧。"苏小北小心翼翼地说道，嘴边还努力挤出一丝笑容。

唉，可真是难为了有恐高症的苏小北了。

"丁丁丁……"

随着警报声鸣响之后，海盗船慢慢开始运作！

真正的游戏，马上就要开始了！

"3、2、1。"

海盗船随着系统播报声令下，慢慢开始摇晃起来。缓缓往前，再缓缓地往后。

慢慢地，慢慢地，速度一点点加快，摆动的幅度也越来越大。

海盗船往前大摆的时候，所有人都在尖叫，地面离我们越来遥远。我们像是腾空而起，马上就要飞在空中一样。

我看了看左手边的娇媚，她一直开心地尖叫着，享受着高空刺激带给她的快感。

我再看了看右手边的苏小北，他一直闭着眼睛，不敢大叫，又不敢看下面，看得出来，他是在挑战自己恐高的极限。

而我，一边享受刺激的同时，脑袋里居然还能想一些乱七八糟的事情。此时此刻，橘辰熙和韩笙雅在一起说话的画面又不自觉地出现在我的头脑里了。

可恶！不要再去想那些东西了！

我拼命地左右甩头，把他们都赶出脑海里去。

海盗船，冲吧，冲得越高，就越能把烦恼的事情甩掉！

"哇哦……"

"啊……啊……啊……"

"妈呀……"

尖叫声一阵接着一阵。

这些尖叫声充满着刺激、恐惧和挑战。

海盗船对于没有恐高症的我和娇媚来说，几乎可以说是没有什么压力，加上我们经常来这里玩，每次来必玩这个项目，所以更是只有刺激，没有恐惧和挑战。

而苏小北就不同了，他全程都紧闭着眼睛，在摇晃途中，还紧紧地抓着我的衣服不放开，估计是吓得小心脏都快要跳出来了吧！

几分钟下来，游戏渐入尾声。在海盗船停下来的那一刻，苏小北迅速解开了安全带，离开了座位，跑到一旁的垃圾桶前，狠狠地吐了起来……

"唉，真是难为人家苏小北了。"看着眼前吐得不行的苏小北，我心里渐渐惭愧起来。

"对啊，真可怜。没想到他反应这么大，我们不该拉他一起玩的。"娇媚望着苏小北，叹了一口气，自责地说道。

我见状，赶紧跑到旁边的小贩那里，买了一瓶水递给他："缓过来一些了吗？来，喝点水漱漱口吧。"

苏小北接过水，打开瓶盖，大口大口地往嘴里灌水，然后大口大口地吐出来。过了好一会儿，他才像是重新活过来一样，抚了抚自己的胸口。

"刚刚真是吓死我了，真想不通你们女孩子怎么这么喜欢玩这个游戏。"苏小北心有余悸地说道。

"苏小北，不好意思啊，我们不知道，原来你真的这么不适应。"我和娇媚一个劲儿地道歉。

"这怎么能怪你们呢？是我自己一直想尝试一次的，今天幸好有你们

陪我，不然我恐怕这辈子都没有勇气坐上去体验一把了。再有，我可是男生，恢复起来很快的，嘿嘿。"苏小北说着，还安慰似的朝我们露出阳光般的笑容。

看着他的嘴唇慢慢从恐怖的白色回归到正常的红润，我跟娇媚这才放下心里的石头。

接下来，我们再一起玩了几个相对轻松的项目。

在夕阳西下的时候，我们准备乘兴而归了。

"小乐，苏小北，我要先走咯，我家宇凡来接我啦。"娇媚的脸上洋溢着幸福，指了指对面那个帅气的人影说道。

"走吧走吧，我就不做你们的电灯泡了。"我朝她挥了挥手，示意她赶紧走。

娇媚走了之后，就剩下在原地愣神的苏小北和我了。

"言同学，时候不早了，你一个女孩子走不安全，我送你吧！谢谢你今天对我的特别照顾。"苏小北温柔地说着，亮亮的双眸殷切地看着我。

"不用客气啦，应该的。"我有些不好意思地朝他摆摆手，"不过你不用送我啊，我可以自己回去的。你家就在附近，没必要为了送我绕远路啦！而且，公园门口有直达的公交车到我住的地方。"

"这么晚了，让你一个人坐公交车我有些不放心，还是我送你吧。"苏小北不依不饶，坚持要送我回家。

我也是拗不过他的坚持，最后只好勉强答应了。

04

等了很久的公交车，到站后又走了一会儿之后，我和苏小北终于来到了橘辰熙家所在的别墅区。这个时候，夕阳早就落到山下面去了，零星的星子挂在天空，显得这个夜晚特别静谧。

别墅门口的七彩霓虹灯，在这样的夜晚，特别耀眼夺目。

苏小北一直把我送到霓虹灯下，才转身离开。

"送你回来的那个，是谁啊？"橘辰熙低沉的声音在房间黑暗的走廊里响起，我的小心脏差点被他吓得跳出来了。

"妈呀，吓我一跳，喂！你干吗不开灯啊！"说话的同时我立马在黑暗中摸索到了开关按钮。

房间瞬间明亮起来后，我看见橘辰熙穿着一件白色浴袍，双手抱在胸前，倚靠在他房间的门口，目不转睛地看着我。

"我不是你，那么怕黑。"橘辰熙不以为然地说道。

"你在这儿做什么？偷看我吗？"下午玩得开心，暂时把橘辰熙和韩笙雅独处在家的事情给忘了，这会儿看到他本人，我忽然又想起这件事来，"韩笙雅回去了？"

橘辰熙指了指外面的天色："你也不看看什么时候了，以为人人都像你一样，出去了就不知道回家吗？"

我的脸"刷"的一下就红了。橘辰熙这是因为我晚回家，担心我吗？

"哦，现在也不算太晚吧！"我小声地嘀咕道。

"还没吃饭吧，厨房给你留了饭。"橘辰熙有些别扭地说道。

"啊，真的吗？"我摸了摸早就饿了的肚子，跑进厨房，"哇，橘辰熙，这些都是你做的吗？清蒸鲈鱼，西红柿牛肉，都是我爱吃的哎！"

我惊喜地大声问道，把放在电饭煲里保温的饭菜端了出来。

不过，正准备动筷子的时候，我突然想到一个问题，有些不开心地问道："这是你和韩笙雅一起做的吗？"

"当然不是。如果是和她一起做的，怎么可能菜都还没人动过呢？"橘辰熙走过来，敲了一记我的脑门，然后示意我再去拿一副碗筷，"她问了两道题目就回去了，没待多久。"

什么？韩笙雅没待多久就回去了？

"那，这些，是你一个人做的啊？"我赶紧跑到厨房再拿了一副碗筷出来，"你是在等我吃饭吗？"

"你说呢？再不回来，我都要饿死了！"橘辰熙说着，就拿起筷子吃了起来，还不忘给我夹一块最好的鱼肉和一块大大的牛肉。

我夹起来，送到口里。

"哇，好好吃！橘辰熙，没想到你的厨艺这么棒，刘阿姨果然没骗我。"此时此刻的我，说不感动是骗人的。

在这只有橘辰熙在的家里，我似乎感受到了久违的家庭温暖。

以前爸爸妈妈经常吵架，一家人难得好好地在一起吃一顿饭。爸爸妈妈离婚之后，妈妈由于忙着工作，也很少顾及我，像这样有人在家做好饭菜等着一起吃饭的温馨，好久都没有感受过了。

"橘辰熙，谢谢你！"我发自肺腑地给橘辰熙道谢，眼泪也在这个时候流了出来。

"喂，别哭啊，我就怕你们女孩子在我面前哭。"橘辰熙似乎没料到我好好地怎么就哭了起来。

"没事，我就是有些感动。"我擦了擦眼泪，继续享受橘辰熙精心准备的晚餐。

"感谢的话我不想听，告诉我送你回来的人是谁就可以了！"橘辰熙一边夹着菜一边看似漫不经心地问道。

"我们班的同学苏小北啊，怎么了？"我有些奇怪他怎么一直在关心这个问题。

谁送我回来跟他有什么关系啊？

"哦，没事。我吃饱了，你负责洗碗。"说完，橘辰熙筷子一放，就起身回自己房间了。

"呃，你不是说早就饿了吗，这才吃了几口啊？"我疑惑地看着他的背影，嘟囔道。

橘辰熙的心思怎么像女人一样难猜！

不过，今晚的菜真的好好吃，我要一个人把它们吃光光！

吃过晚饭，我一边哼着歌一边收拾厨房，全部收拾干净之后就拿衣服洗澡。

脱衣服的时候，我看着白天橘辰熙帮我包扎的膝盖，又回忆着刚才吃饭时橘辰熙带给我的温暖，心情不知不觉间就变得雀跃起来。

洗漱完毕后，躺在床上，我怎么也睡不着。

回想着这一天经历的事情，简直像坐过山车一样，有伤心、有酸楚，也有开心，有感动。我突然很想记录下这特别的一天，于是，从床上爬起来，翻出日记本，一字一句地写下来。

当我第一次写下橘辰熙的名字时，心脏像触电一般轻轻地抽动了一下。我扯了扯嘴角，开心地笑了起来。

合上日记本，我又拿出那把玩具四弦吉他，轻轻地抚摸着它。自从把它视为幸运物后，好运似乎真的就降临到我的身上了。

一开始我以为橘辰熙是个冷漠傲气的人，不近人情，只知道拒绝别人，从来不照顾其他人的感受。可是，一番接触下来，我发现，橘辰熙真的是个外冷内热的人。

他会在我狼狈的时候，及时伸出援手；他会在我生气的时候，精心准备礼物，主动道歉；他会在我受伤的时候，细心帮我处理伤口；他会在我晚回家的时候，做好晚餐等我一起吃饭……

这样的橘辰熙，真的是一个很让人温暖的人。

就像送我那把四弦吉他的小少年一样，坐在一起的时候话并不多，可是总能让我感觉到有他的陪伴，我就很安心。

不知道那个小少年长大以后，是不是也会变成橘辰熙这样的人呢？

05

想着想着，我才发现，夜已经很深了。

　　我把吉他放回抽屉，却无意中发现了抽屉里有一本以前娇媚送我的《爱情测试大全》。那时候我对这些不屑一顾，现在，我突然一个激灵，也想玩一玩。

　　我用了将近半小时的时间，做完了一个叫"你是否喜欢上他"的粉红初恋主题的爱情测试，108道题，测试总分总计为90分以上，则百分之百暗恋对方。

　　在108道题的测试结束后，我用手挡住了得分统计解说那一栏。在我做好充分查看结果的准备后，我慢慢挪开了覆盖在结果栏上的手掌。

　　首先进入视线的是个位数"8"，究竟十位数会是多少呢？

　　随着怦怦直跳的心，我的手掌瞬间蓄满了汗珠，再慢慢地挪开，一个很明显加粗过的"9"映入了眼帘。

　　98！

　　最后得分98！

　　测试结果是：小傻瓜，你已经彻底喜欢上了对方，快找机会表白吧。

　　不是吧……

　　我刚刚假想的测试对象可是橘辰熙！

　　我不会真的喜欢上橘辰熙了吧？

　　我简直不敢相信这个测试结果，但108道题的费时，让我打消了再测试一遍的想法！

　　"你看着他跟别的女生交谈甚欢时，心里出现了小小的不开心；你看着他为你制造意想不到的惊喜时，感动得泪流满面；他动不动出现在你脑

子里，扰乱你的思绪……这一切，都证明了他已经深深印在你的心里，并且你已经喜欢他到病入膏肓的程度了。"

我又再一次把附加解释的文字读了一遍。

看着他跟别的女生交谈甚欢时，心里出现了小小的不开心！

看着他为你制造意想不到的惊喜时，感动得泪流满面！

他动不动出现在你脑子里，扰乱你的思绪……

这些真的就是事实！

无法否认的事实！

那么，我是真的喜欢上了橘辰熙？

原来这段时间，只要橘辰熙一出现在我的脑海里，我的思维就开始出现混乱，听到他跟韩笙雅要一起复习功课时我出现的不开心的情绪是因为我在吃醋！

原来，娇媚猜测的那些都是真的！

05
第五章
悲伤藏在暗黑的永夜

Dian qi
Jiao jian
Qinwen xingfu

——喂，我不知道原来你的经历那么心酸！

——那你现在怎么突然知道了？

——呃，那个，不小心看了你的日记。

01

人类真的是一种奇怪的生物。

在意识到自己喜欢上了一个人的时候，满心满眼想的，就是自己能为他做点什么。

这不，一大早醒来，我想到的第一件事，就是想要亲自给橘辰熙做一顿丰盛的早餐。

当我走到厨房的时候，发现刘阿姨已经在厨房忙开了。

刘阿姨是一个非常注重早餐的人，所以就算前面一天再晚回来，第二天一早她都会精心地为全家人准备一顿丰盛的早餐。

当她看到我的时候，一脸惊讶地问道："小乐，你今天怎么起得这么早呀？"

"嗯，阿姨早！最近橘辰熙很照顾我，为了表示感谢，我想亲自给他做一顿早餐。"我有些不好意思地笑着说道。

"是吗？小熙真的有好好照顾你啊！那我就放心了！你不知道平时小熙一向都比较冷漠，我一开始还担心他会对你冷言冷语的呢。"刘阿姨惊喜地说道。

"不会啦，橘辰熙对我很好的。所以阿姨，我想自己给他煎个荷包蛋。"我想了想，太复杂的早餐我也不会做，还是煎荷包蛋最拿得出手。

"好呀，那过来吧！"刘阿姨笑着答应道，然后还耐心地指导我，"不过啊，鸡蛋可以最后煎，因为小熙还没起床呢，现在煎了就会冷掉，到时候口感就不好了！阿姨先教你做其他的。"

"嗯嗯，谢谢阿姨！"

于是，在刘阿姨的指导下，我先把头一天夜里烤好的全麦面包从烤箱里拿出来，切片，涂抹上黄油，再依次在平底锅里慢慢煎，直到面包的表层出现一层金黄色，才装出来。然后，我从冰箱拿出三片培根，将油烧热，把培根放进去双面煎熟。最后才拿出鸡蛋，找出专门的圆圈模具，将鸡蛋轻轻敲碎一个角，打在容器上，再放在燃气上小火煎熟，一个好看的圆形鸡蛋便呈现出来了。

面包、培根、煎蛋都准备好了，接下来就是将青菜洗干净，西红柿洗净切片，把之前烤好的面包片、煎好的培根和鸡蛋摆在一起，一样一样加

进去，叠成一个完整的三明治，最后淋上美奶滋，一个造型完整、用料充足的三明治便完成啦。

"啊，对了，阿姨，冰箱里的酸奶没有了，我出门去买吧！"把东西摆上餐桌后，我发现还少了每日必备的益生菌酸奶，于是趁橘辰熙好像还在洗漱，赶紧提议道。

"好啊，快去快回噢！"

"好呢。"

因为橘辰熙，我第一次大清早地起来做了人生第一顿早餐；因为橘辰熙，我也第一次，大清早地出门逛便利店。

或许，这就是喜欢一个人才有的动力吧！

做这一切的时候，我的心里一直美滋滋的。

从便利店买完酸奶出来，我一眼便看到了小区门口水果摊上新鲜的马奶子绿提，一串串含着露珠的绿色的提子被整整齐齐地摆放着，显得生机勃勃。

"老板，给我来两串马奶子绿提吧。"

"小姑娘真是好运啊！这可是刚刚到的货，你看看，露珠都还没退呢，可新鲜了。"老板一边帮我称提子，一边可劲地夸赞道。

我高兴地拿着提子往回走，像是拿了许多的阳光在手上，心里暖得要开出花来。

可是，刚走到橘辰熙家的别墅门口，我的心情立马就转了个180度的大弯。如果用天气来表达的话，那就是晴转阴，阴转雷阵雨。

因为我看到了打扮得光鲜亮丽的韩笙雅，正提着一盒包装得很精致的巧克力蛋糕，在橘辰熙的家门口四处张望，似乎在等待某个人。

此刻的韩笙雅还特意把额前的刘海盘了起来，整个人显得精神了许多，好看了许多。

"你怎么不进去啊？"我耷拉着一张脸，没好气地跟她打招呼。

这也是不得已的，毕竟她就站在家门口，而我，正好要进门。

"我在等你啊！"她朝我露出谄媚的笑。

我想起上次在书房发生的事，不由得打了一个冷战。

"哦，那你找我有事吗？"

"言同学，不好意思哦，上次的事情让我们之间有些小误会，都是我不好，我跟你道歉，请你原谅我。"韩笙雅扯过我的衣角，一副楚楚可怜的样子，跟当时在书房里的她简直判若两人。

"没关系，那些事我已经没有放在心上了。"我轻轻推开她的手，客气地说道。

其实那件事情在橘辰熙跟我隆重地道歉后，我就已经没有把它放在心上了。

"那就好。不过，我有一件事情想请你帮忙，拜托拜托。"韩笙雅说着，神神秘秘地凑了过来。

"什么事啊？"我有些搞不懂地问道。

韩笙雅在我耳边轻轻地说了一通之后，我愣得一语不发。

"怎么了？你有困难吗？"韩笙雅见我的表情有些僵硬，于是殷切地问道。

"哦，没什么。"

"那你能帮我这个忙吗？"

"就只用表现得很友好吗？"说出这句话的时候，其实我已经心不在焉了，我的整颗心，都已经陷入淡淡的愁绪里。

"对啊，没错。谢谢你哦，要帮我的忙哦，言同学。"韩笙雅扬起嘴角，然后用手理了理头发，轻轻地摁住了门铃。

而此时的我，头上像被一阵悲伤的阴影笼罩着，胸腔里也弥漫着一丝痛楚。

韩笙雅刚刚告诉我，她打算对橘辰熙展开穷追猛打的攻势，争取橘辰熙答应跟她交往。在这之前，她希望能跟橘辰熙身边的朋友打好关系，所以希望我能在橘辰熙面前对她友好一点。

可老天爷才知道，听到这个晴天霹雳的消息，我是有多少的不情愿。

毕竟我昨天晚上才意识到，最近对于橘辰熙的种种情绪，都是因为我在意他，我喜欢上了他。所以，我一清早起来就为他精心准备了早餐，还出门买酸奶和水果。哪知道橘辰熙还没有看到我为他做的一切，韩笙雅就捷足先登了。

被人抢先一步的感觉，真的很不好受。

"好吧。"但是，为了不让自己太丢脸，我只能忍着心里弥漫的悲伤，勉强答应她。

在答应的同时，我分明听到了自己心里疯狂哭泣的声音。

如果橘辰熙真的答应跟跟韩笙雅交往，我会难过到崩溃吧！

02

"小雅，你来啦！那就一起吃早饭吧。"刘阿姨打开门，看到韩笙雅，热情地招呼道。

"阿姨早！阿姨，我给你们带了巧克力蛋糕。"韩笙雅笑得像花儿一样，谄媚地往里面走。

看着韩笙雅把蛋糕摆在餐桌上，然后特意跑去厨房，围着刘阿姨忙前忙后的，我的脸上不由自主地浮现出怎么藏也藏不住的郁闷情绪。

"喂，大清早的，你干吗苦着一张脸？"正在这时，橘辰熙出现了。看到我的异常，他直截了当地问了出来。

"没，没什么。"我没精打采地说道，把手上的酸奶和提子也都放在餐桌上。

"谁又惹你啦？莫名其妙！"他边说边走过来坐到餐桌旁，拿起我刚摆好的酸奶，打开瓶盖，咕噜咕噜地喝下肚。

我拿出一串提子，想要洗干净拿给他吃，却看到了他正捧着一旁的巧克力蛋糕，饶有兴趣地看着。

此时的他，估计还不知道韩笙雅已经来家里了。

"这蛋糕是你买的吗？"他指着蛋糕，抬头问我。

"不，不是。那个，是她买的。"看到韩笙雅帮着刘阿姨端出我开始做的三明治出来的时候，我便用眼神向他示意了厨房的方向。

"早安，辰熙，你起来啦。"韩笙雅看到橘辰熙，脸上更是笑得像一朵花一样。

她小跑着来到橘辰熙的面前，一脸的喜悦，但这时候的她，却有些刻意地在橘辰熙面前摇晃着脑袋，像是故意要露出什么东西似的。

我忽然一个激灵，想起之前见到韩笙雅的时候，她都是把额前的刘海放下来，像芭比娃娃一般的造型，然而今天，却是高高地盘起。

橘辰熙在见到韩笙雅的第一秒，先是瞳孔微微张大了一些，大抵也是跟我的反应相似吧，头型的变换，还是有很明显的视觉效果的。

但紧接着，我发现橘辰熙的表情有了细微的变化：从瞳孔的扩大到眉头紧锁，再到几秒钟的半神游状态，最后整张脸上都写满了不可思议。

他这些细微的表情变化，我都认真地看在了眼里。

橘辰熙究竟怎么了？

这是我跟他相处这么长时间，还是头一次见他短时间内有如此大的情绪波动。

终于到了吃早饭的时间。

不过，好像除了刘阿姨以外，我们三人都各怀心事，大家围坐在一起，颇有些尴尬。

不知怎么的，我隐隐约约感觉到有事情要发生，一阵心烦意乱的情绪慢慢困扰着我。

我把自己做的三明治放到嘴巴，却怎么也没心思吃。

"小乐，你没事吧？"刘阿姨的声音把我从游离状态中拉回来。

"哦，没，没事。"我抬起头，看到大家正齐刷刷地望着我，心一紧，慌张得筷子都要拿不稳了。

"我看你的脸色有些不对劲呢！如果不舒服的话，就回房间休息一下噢。"刘阿姨关切地说道。

我瞥了一眼此时的橘辰熙，他的眼神早就从我身上抽离，正盯着韩笙雅的额头端详着。我顺势朝他眼神的方向看过去，就注意到了之前一直被我忽视又觉得哪里不对劲的关键点——那就是，韩笙雅的额头上，偏左侧的位置，有一颗跟小时候的我一模一样的黑痣！

无论是大小、颜色，还是位置，都出奇相似，可以说是到了完全一致的地步。

只是，她居然能这么坦荡地把这颗黑痣展现出来，想当年的我，因为那个小少年的一句话，一直把那颗黑痣保护得严严实实的，后来还干脆点掉了。

橘辰熙该不会是在盯着她那颗黑痣吧？

就在我试图分析橘辰熙心理的时候，橘辰熙已经率先把我的思绪给打乱了。

"韩笙雅，你来我房间一下。"他表情严肃地望着韩笙雅，说完后，径直回了自己的房间。

橘辰熙的全部注意力都在韩笙雅身上，连我精心准备的早餐，都没怎

么享用。此时此刻，我的心情就像是霜打的茄子，蔫极了。

"刘阿姨和小乐，你们慢慢吃噢，我先去辰熙房间啦。"韩笙雅像是接收到莫大的喜讯一般，露出灿烂的微笑，跟此刻脸色苍白的我，形成鲜明的对比。

"怎么今天小熙怪怪的，小乐你也怪怪的？你们都怎么了？"刘阿姨看出一些异常，抓着我的手关切地问道。

"没什么啦！阿姨，你放心吧。"为了消除刘阿姨心里的顾虑，我努力往脸上挤出一丝笑容。

"怎么感觉你们都心不在焉的？不过，没事就好，都长大啦，有心事啦。"刘阿姨拍拍我的肩头，这样温暖的动作让我不知不觉想到了好久不见的妈妈。

我看大家都吃得差不多了，于是起身准备收拾碗筷。刘阿姨见状，立马拦住了，说我清早起来，忙活了一两个小时，现在该回房间好好休息或者去客厅看看电视。

我因为橘辰熙和韩笙雅的事，有些心不在焉，所以也没太坚持，若有所思地回了自己的房间。

不知道橘辰熙跟韩笙雅在讨论些什么，是不是很开心地在交谈？

他们是在讨论功课吗？还是韩笙雅已经跟橘辰熙告白了？

橘辰熙会答应韩笙雅的告白吗？

这些复杂纷乱的情绪重重地压在我的心头，让我每呼吸一口都觉得很难受。

　　不知道为什么，突然觉得很委屈。泪水像弄坏了的喷泉，开始一个劲儿地往外喷。不知道哭了多久，我只知道在哭得很累的时候，我沉沉地睡了过去。

　　当我醒过来的时候，已经快中午了。

　　"那我就先走咯，我们学校见。"

　　"好的。"

　　就在我打开房门，准备去厨房倒杯水喝的时候，门外响起了橘辰熙和韩笙雅的说话声。

　　而且，此刻的他们动作太亲密，让我忍不住呆在了原地。

　　只见韩笙雅撒娇地扯了扯橘辰熙的衣服，依依不舍地说明天见，脸上还洋溢着满满的甜蜜感，而橘辰熙对她如此亲密的举动并没有拒绝。

　　虽然从他的脸上我没有读出跟韩笙雅一样的喜悦表情，但是他那种往常跟女生单独相处时的冷漠感，也完全消失了。

　　心里顿时如刀割般疼得厉害，我试图做了一个深呼吸，让自己保持平静，让自己再等等，等韩笙雅离开了，我就可以跟橘辰熙问个究竟了。

　　但好像眼泪并不想听话，它们又开始一个劲儿地往外流，我抬起头望向天花板，试图让眼泪倒流回去。

　　我躲到房门的拐角处，直到韩笙雅离开之后，我才慢慢走出来，走到还愣在那里的橘辰熙面前。

　　其实，我的内心非常想知道韩笙雅是不是跟他告白了，刚才他们为什么表现得那么亲密，然而，到了他面前，我还是不敢直接问的。

最后，我脱口而出的话居然是："早上我给你买了特别新鲜的提子，很好吃的，以谢谢你这些日子对我的照顾。"

"哦，不客气，但我现在不想吃提子。"橘辰熙冷冷地说道，欲要开口跟我说下一句话的时候，又突然把话咽回去了。

"你是有什么话要对我说吗？"我忍不住主动问道。

"没有，我回房间了。"橘辰熙说完，看也不看我，径直回了房间。

他的回答让我觉得自己的心在滴血，心里似乎生长着无数朵带刺的玫瑰，扎着我的血肉，让我的五脏六腑都特别疼。

突然之间，我觉得自己特别像一个小丑。

或许，韩笙雅已经成功跟他告白了吧？

他是想要告诉我这个喜讯吗？

我拖着沉重的身体，失落地回到自己房间。

为什么我才意识到自己喜欢一个人，这么快就得选择扼杀这段还没开始的感情？

质问自己的同时，我又一次地从抽屉里打开了那把象征着幸运的四弦吉他，想起了那个带给我快乐的小少年。

曾几何时，我居然把那个小少年和橘辰熙重叠了起来，我以为橘辰熙会像那个小少年一样，带我安心，带给我温暖，带给我快乐，哪知道，我错了，错得离谱！

他的温暖，从此以后，就会给韩笙雅了吧！

03

一夜未眠，我的眼睛像国宝熊猫那样，有一个大大的黑眼圈，加上因为过度伤心而泛滥的泪水，眼睛又红又肿。

为了不让同学们觉察到我的异样，我只好一路低着头来到教室。但哪怕我伪装得再好，都逃不过娇媚的眼睛。

"哇，小乐！你的眼睛是被谁殴打了吗？"她惊讶得张大了嘴，拱起的嘴唇完全可以塞下一个煮熟的鸡蛋！

"嘘，小点声，一会儿大家都该注意到了。"我伸出食指摆出了小声说话的动作。

"那你偷偷告诉我，你这眼睛怎么啦？"

拗不过娇媚，我只好如实地告诉她我和橘辰熙之间发生的一切了。

"不是吧！我的第六感果然没错！"

"你第六感是什么？"我疑惑地问。

"就是你喜欢橘辰熙这件事呀，我就说感觉你跟橘辰熙之间的关系怪怪的。"

"哦，好吧，我的喜欢是不是表现得太明显了点？"

"还好，谁让我是侦探呢，善于洞察一切神色的林侦探！"娇媚顿了顿，若有所思地说道，"但我觉得，听你的描述，也许橘辰熙也有可能心里是在乎你的。"

"别逗了，他才不会喜欢我呢，韩笙雅都跟他告白了。"对于娇媚说的话，我是毫无底气相信的。

"小乐，你要相信，很多事情没有亲耳听到，亲眼看到，都不足为证，都是可以推翻的。"娇媚一脸正经地说道，"所以你的喜欢，还是有希望的。梦想总是要有的，万一哪天实现了呢？"

"真的吗？我还有希望？橘辰熙也有可能没有答应韩笙雅的告白，也有可能会喜欢上我？"被娇媚一开导，我的心情顿时好了不少。

"这样想就对了嘛，别整天垂头丧气的，如果我是男生，也不会喜欢这样自怨自艾的女生啊！"娇媚轻轻捶了一下，给我打气。

娇媚的话很在理，我应该打起精神来。

正如她所说的，事情在没有一个完整的结果之前，我不要轻易地下定任何结论。

"好啦好啦，开心起来吧！走，我带你去买香芋味的五羊甜筒。"

"好啊！"

娇媚成功地把我从自我悲伤的情绪里拉出来，我朝她微微一笑并补充道："娇媚，谢谢你，一直陪伴在我身边。"

"谁让我们是好朋友呢，好朋友就应该互相排忧解难呀！"

说着，娇媚拉起我的手，一起前往便利店。

"喂，你听说了吗？天才橘辰熙和那个天才女转校生韩笙雅关系很亲密哦！"

"他们应该在一起了吧，每天都出双入对的。"

"最新消息，韩笙雅在微博公布她和橘辰熙在一起的消息啦！"

……

刚走到便利店门口，我和娇媚就听到一大群女生围在一堆议论着橘辰熙和韩笙雅的八卦。

这些八卦犹如晴天霹雳，把我刚刚恢复的信心又彻底打消了！

没过多久，韩笙雅跟橘辰熙交往的消息就传遍了整个校园，祝福声和谩骂声也同时响起。

"小乐，你不要去理会这些无厘头的消息啦！想知道事情到底是不是事实，找橘辰熙问个清楚不就好了吗？"娇媚双手捂住我的耳朵，试图让我的耳根清净一些，远离这些分分钟能让我大哭一场的传言。

"我有什么资格去问他啊？"我终于忍不住了，悲伤的情绪全面笼罩着我。

"你不是跟他住在一个房子里吗？作为半个家人，至少应该关心一下他的感情状况吧。"娇媚一脸正义地说道。

虽然娇媚说得挺有道理的，但出于胆小，我还是有些后怕。

"我会陪着你的，放心。只有问清楚了，你才不会多想，才不会难过伤心。"

娇媚不断地在给我勇气，让我终于鼓起勇气，打算去找橘辰熙问清楚这件事情。

顾不上五羊甜筒了，我们决定去找橘辰熙问清楚后，立马就掉头往教室走。

约了橘辰熙来到楼下的千年香樟树下，娇媚在远处紧紧地盯着我和橘辰熙，替我狠狠捏了一把汗。而当事人的我，已经紧张到一个劲儿地把掌心的汗往裙边上擦。

我咬紧嘴唇，不敢直视橘辰熙的双眼。

"那个，我想问你一件事。"在深思熟虑和内心的百般挣扎之后，我终于主动打破了此时我和橘辰熙之间尴尬的沉默。

"这么快就传到你耳朵了？"他反问我，表情极为淡定。

"啊？什么？"

"你不就是想问今天早上有关我和韩笙的交往传闻是不是真的吗？"橘辰熙一语中的，他就像是我肚里的蛔虫，能洞察我任何时刻的心思。

"你怎么知道我想问这个？"被洞穿了心思，我更不敢跟他对视了。

"对于这件事，我不想解释。如果没什么别的事，那我走了。"

显然，我并没有在橘辰熙身上得到满意的回答。

等他走远之后，我的双腿突然失去重力似的，立刻瘫了下来。娇媚冲了上来，拍了拍我的肩膀，给我很多暖心的安慰。

"既然橘辰熙选择用沉默来回答，那你就别再想这件事情了。想得太多，只会徒增自己的烦恼。"

"那我该怎么办啊？娇媚，你能不能告诉我，我现在心里好难受啊！"我已经泣不成声了。

"有一种办法叫转移注意力，就是你现在全身心地投入到另一件事中去，也就无暇顾及橘辰熙和韩笙雅了。"

好像，当下来说，没有什么办法比这个更好了。

如果真的能让我暂时不去想他们的事情，那么，不管是什么方法，我都愿意尝试。

04

为了化悲痛为力量，我和娇媚商量之后，我决定找个兼职，让自己忙起来。

我们在学校外的两条街道上找了半天，终于在一个蛋糕店的门口发现了一张招聘广告。

我深呼吸了一口气，轻轻推开了蛋糕店的门。

"你为什么要来做兼职？"

"我想让自己的生活变得更充实。"

"那你为什么会选择我们蛋糕店？"

"因为奶油的香味能让人充满快乐。"

"你觉得你能凭什么打动我？"

"凭我对甜点的喜爱。"

面试我的是蛋糕店的女老板，一位年轻貌美的女士。她的态度很温和，面带笑容地问完我以上问题之后，当即就跟我确认了上班的时间，以及一些需要交代的事情。

自从有了这份兼职，我的生活确实充实了许多。店里除了女老板一个人，还有一个全职的员工姐姐。轮我当值的时候，她们会教我一些烘培新

手可以尝试的面包以及饼干。

就这样，我在"小森林"蛋糕店里，学会了一些简单的烘焙技巧，并且也能在浓郁奶油以及糕点的香味中，让自己渐渐恢复以前的乐观心态。

很快，五一假期如约而至，而本次的假期，对于橘辰熙家来说，是异常空荡。

"小熙，妈妈去海岛朋友家玩几天，你要好好照顾小乐哦。"刘阿姨留下一张字条给我们之后，就一个人来了一场说走就走的旅行。

在橘辰熙家，刘阿姨对橘辰熙实行"独立自由放养"的政策，从来不会干涉他的任何事，只要事情在合情合理的范围内，都可以去尝试。所以在这一点上，我是极为羡慕橘辰熙的。

"晚饭自己解决，我放学了要留在图书馆。"

原本还很期待跟橘辰熙的相处以及他做的晚饭，不料就在下课的时候，我收到一条来自橘辰熙的短信，让我心情又变得沮丧了起来。

"是跟韩笙雅去吗？"

"几点能回家？"

"我能跟你一起去图书馆吗？"

在尝试了一遍又一遍的编辑信息再删除信息的循环动作后，我只回复了一句简单的"好，知道了"。

明知道他一定会跟韩笙雅去图书馆的，干吗还要继续追问下去？

我在心里安慰着自己，本想追问个究竟，但又意识到问到结果我一样还是会伤心，所以彻底断了念头。

"我还是去蛋糕店老老实实地干活吧。"我在心里嘀咕着。

虽然听到韩笙雅跟橘辰熙的一些流言时还是会很难过，但自从有了这份兼职后，我似乎有了寄托，不会再无所事事，只知道自怨自艾，躲在角落里伤心地哭泣。

05

兼职时间结束之后，天空已经彻底陷入黑夜之中。在蛋糕店草草吃了点东西当晚餐后，我便提着书包，坐最后一趟公交车回橘辰熙的家。

可是，我到家后发现，家里的灯居然是黑的！

难道橘辰熙还没有回家？

在我掏开钥匙打开门之后，立刻把所有房间的灯都打开，发现橘辰熙确实是还没有回家。空荡荡的房间里，只有我一个人孤单落寞的身影存在，这让我不禁有些伤感。

这个时候，图书馆也应该关门了吧！

橘辰熙难道是跟韩笙雅约会去了吗？

我甩了甩头，刻意让自己不要轻易陷入这种臆想的悲伤情绪里，在歇息半刻钟后，我关掉没有人的房间的灯，拿了一条浴巾，径直走进浴室。

闷热的水蒸气覆盖着整个浴室，让整个浴室水汽缭绕，好似仙境一般。"呼——"我对着玻璃深深地吐了一口气，所有的水蒸气瞬间汇集到吐气的区域里，像一片白茫茫的迷雾。

我伸出手指，然后一笔一画地在玻璃上写下橘辰熙的名字。

可是，他现在是别人的男朋友。别想了吧，忘了吧，言知乐！我一边用手擦掉刚写的字，一边垂头丧气地告诉自己，忘记他吧！既然他跟韩笙雅那么快乐地在一起，我就应该好好祝福他！洗完澡，雾气散去一些的时候，我终于狠下心，做了这个重要的决定。

不过——

"啊！糟糕！"在我擦干之后，竟然发现了一个严重的问题！

我只带了浴巾！

脑子里因为一直在思考着橘辰熙和韩笙雅的事，竟然忘记拿睡衣了。这下可惨了，我全身上下，就只能裹着一条浴巾！

在两分钟的挣扎之后，我决定豁出去了，反正橘辰熙还没回家，刘阿姨也出门了，客厅和房间的窗帘应该都是拉上的，我应该能顺利冲到房间穿好衣服的。

这样想着，我悄悄打开门，在门缝处探出一个头，确定没人之后，才开始下一步的大胆"探索"。

"啊……"就在我后脚欲要跟着前脚离开浴室的时候，却被跟变魔术似的瞬间出现在我眼前的橘辰熙吓了一大跳。

胆小的我，差点没被吓得摔个狗啃泥。

"你你你，是人还是鬼？"我躲在门后面惊恐地问道。

"你说呢？"是橘辰熙的声音没错。

"那，那你干吗不开灯？"真后悔进浴室前把外面的灯给关了。

"我还没来得及开灯。"橘辰熙不紧不慢地回答道。

"你！"因为橘辰熙一副自己很在理的态度，气得我一溜烟地从门后站了出来，双手叉腰，打算与他抗衡，却不料……

"咳咳，你……那个……"他的眼神稍稍有些闪躲，然后伸出手指指着我的胸前，示意我将注意力从他身上转移。

当我意识到自己此刻是裹着浴巾半裸着站在橘辰熙面前的时候，伴随着"啊，我的妈呀"的惊叫声，我又躲回了门后面，而脸上却跟烧得滚烫的沸水一般，烫得厉害。

"不许偷看。"我红着脸对橘辰熙嚷道。

"我有吗？好像是你主动让我看的吧。"他说话很欠扁，不过这已经不是一天两天的事了。

"橘辰熙！你能好好说话吗？"我咬着下唇干瞪着橘辰熙。

"好了好了，把衣服穿上，再好好说话。"

在看到橘辰熙把我的睡衣偷偷从身后拿出来递给我的时候，我彻底惊得说不出话了。眼睛直直地望着他，都快要把他看穿了。

"还不拿着赶紧穿上，笨蛋！"橘辰熙虽然是命令的口吻，却语气之中透露出关心与不自然，仿佛有种莫名的情愫在空气中弥漫开来。

当他意识到自己的言语有些不同往常后，他那张俊俏的脸上也迅速爬上了一层红晕。

我努力地在这种微妙的场面中扮演一枚听话的"女友"，娇羞地从他手中接过睡衣。原本该有的疑问，譬如我的衣服怎么会出现在你的手中，譬如你怎么会在这个时候出现等问题，在此刻通通都被我抛在脑后。

等我把自己整理好之后，橘辰熙早就坐在了阳台上，手边是两杯还冒着热气的咖啡。咖啡的香气溢出来，让整个客厅都飘着这股美好的味道。

他靠在躺椅上，若有所思地望着暗黑的夜空。

"我的衣服，怎么会在你手上？"我打破了夜空的沉静，把刚刚在浴室想要问的问题，问了出来。

"房门开得那么大，人在浴室，睡衣却在床上，是个人就能联想到吧！"听到身后有动静，橘辰熙缓缓地转过身来，眼神有些迷离。

"噢，那个，谢谢。"不久之前的那种满脸通红的尴尬，在此刻微凉的露天阳台下，已经慢慢消失了。

"一起坐下喝杯咖啡吧。"橘辰熙一边端起桌边的咖啡，一边指了指茶几上的另外一杯咖啡。

太阳打西边出来了吗？橘辰熙竟然主动邀请我喝咖啡！不过，我的内心还是有点小小的开心的。

"哦哦哦，好啊！"我走到阳台，在他身边的躺椅上坐下来。

微风轻轻地摇曳着，寂寥的夜空只有零星的几颗星子，但是因为手中暖暖的咖啡，我的心里像是有无数颗闪耀的星辰照耀着。

"我跟韩笙雅交往的消息，是不是在学校里都传疯了？"橘辰熙抿了一口咖啡，不经意跟我聊了起来。

可是，他这不经意的一问，还是让我的心忍不住一颤："所以你们是真的在交往吗？"我有些迫不及待地问道。

然而，橘辰熙依旧没有正面回答我的问题。

"唉，她跟我记忆中的样子，相差太大。"橘辰熙躺在躺椅上，右手腕夹在额头上，第一次跟我吐露心声。

"记忆中的样子？你们之前就认识吗？"从他的话中，我抓到了重点。就在我准备紧追着这个话题问下去，橘辰熙似乎觉得自己一不小心"暴露"了什么，便很机智地转移了话题。

"我们相处起来并不是很随意。不知道是不是因为我第一次跟一个人相处的原因，总之很多地方感觉都不太对劲，说不上来那种感觉，总之没有很快乐。"他径自说着一连串的话，似乎已经不记得身旁还有一个我，完全陷入了自己的思绪中。

这是橘辰熙第一次在我的面前这么坦诚地剖析自己的内心世界，从他的话语里，我也知道，我深埋在心底的那份感情，已经彻底地破灭了。

虽然他没有很明确地承认，但言辞之间，他跟韩笙雅交往的事，已成为事实。心里仿佛被扎过一般，疼痛慢慢涌了上来。

但此时的我，正极力地掩饰自己的心痛，尽量不在橘辰熙面前表现出一丝忧伤。

"或许是刚刚相处的原因吧！人与人之间的相处，总会有一个磨合期的。等磨合期过去了，你大概就不会有这种感觉了。"我艰难地说着安慰他的话。

"不说这些了，反正你也不会懂。"橘辰熙的画风转得有些快，看起来，他的自愈能力不错。

"喊，我才不想懂呢。"我假装不在意地端起咖啡喝了一口。

　　"对了，刚刚不小心看到你的日记了。"橘辰熙轻描淡写的一句话，差点让我刚喝到嘴里的咖啡给喷了出口。

　　"什么！橘辰熙，你干吗偷看我的日记！"我抑制不住敏感的神经，大声地叫道。

　　"那么大的日记本摊开在桌面上，我不想看都难。"橘辰熙像没事人一样说道。

　　"哼！可恶。"我心里忐忑不安，不知道橘辰熙看了多少，有没有看到我提到他的那部分内容。

　　"父母离婚的时候，你很难受吧？"橘辰熙突然深情地望着我问。

　　这突如其来的问题让我忍不住愣了一下。

　　"嗯，当时的我哭得稀里哗啦的。"回想起那个黑暗的日子，我至今都觉得悲伤直往上涌。

　　"没关系，都过去了。"橘辰熙柔声地安慰道，让此刻眼泪快要夺眶而出的我，倍感温暖。

　　"谢谢你，橘辰熙。"

　　那个晚上，我们还聊了很多。

　　悲伤渐渐在他的抚慰中消散，而橘辰熙也会时不时跟我分享一些他的心情与感悟。关于小时候那些回忆，我们越聊越觉得非常有共鸣。

　　直到深夜，我们才彼此告别，回到各自的房间睡觉。

06

第六章

那个少年带来的美梦

Dian qi

Jiao jian

Qinwen xingfu

——喂，想不想好好整那个女人。

——喂，橘辰熙，原来你的冷酷都是假的啊，原来你这么坏。

01

清晨，我在一个与橘辰熙有关的美梦中醒来，而这个梦，也导致我一个上午的思绪都沉溺在那个臆想的画面中。

那是一个温暖得我压根不愿意醒来的梦境：我依偎在橘辰熙的怀里，属于他身上那种独有的清香一直弥散在空气中，真好闻。而我们俩，坐在同一个秋千上，我双脚离地，他时而摇曳着秋千，时而搂着我一起摇荡。我们之间充满了欢声笑语。

一个个清晰的画面在眼前回放，仿佛是一幕幕真实存在过的场景。

"咚咚咚……"

突然，一阵沉重的敲桌声把我从拉回现实。

"喂喂喂，小乐，醒醒，醒醒，哈喇子都流到桌上了。"

我睡眼惺忪，在迷糊的视线中看到了娇媚的轮廓；揉了揉被睡意全面覆盖的双眼后，便看到了娇媚那张充满疑问的面容。

"小乐，你是不是有心事啊？"

"小乐，你怎么一大早来教室就开始犯困？"

"小乐，你不是生病了吧？"

"小乐，你怎么看起来闷闷不乐的？是谁又惹你不开心了吗？橘辰熙对不对？嗯，一定是他！"

娇媚自说自话地在我耳边闹腾半天，最终被我的一句"你是打算问一个上午吗"给打住了。

"那你说是不是因为橘辰熙，不告诉我就是不把我当朋友，哼！"没想到娇媚不依不饶，非得问出个究竟。

逼不得已，我只能"投降"了，我把昨晚发生在我跟橘辰熙之间的事跟娇媚一五一十地"交代"清楚。

"唉，就算他没有当面承认，那多半就是跟韩笙雅已经在一起了。"娇媚做了一个最后总结，很显然，这是我最不想听到的答案。

湿润的眼泪在我的眼眶里打转，很快就要夺眶而出了。

"小乐，你每次都因为橘辰熙而伤心。要不，你去谈一场正式的恋爱，彻底忘记他吧！我不想看到你每天那么伤心。"

"这个方法有效吗？"如果能暂时麻痹心里的这种疼痛，我倒是挺愿意尝试的。

"'小森林'蛋糕店兼职不是让你觉得我提出的转移注意力的这个方

法不错吗？对于谈恋爱这件事，也同样适用呀。"娇媚分析得头头是道，听起来，似乎还是很有道理的。

"那不如让我去试试？"我半信半疑，但最终还是说服了自己，不如将注意力转移到其他男生身上，谈一场光明正大的恋爱，也好彻底忘记橘辰熙。

"那么现在开始，就要将注意力从橘辰熙身上转移到别的男生那里噢，不然是没有进步的。"娇媚俨然像个教人初恋的老司机。

"好吧，我尽量努力，去尝试。"

"小乐，加油，快快找回原来那个充满正能量的言知乐。"娇媚的笑真好看，是那种带着鼓励和信任的微笑，充满着阳光。

"好！我会加油！"我握紧拳头比在胸前，做了一个"加油奋进"的手势。

下定决心转移"目标"，这无疑是一项"大工程"，虽然不知道结果会怎样，但人生路那么漫长，总要学会去尝试，才知道自己的决定是对还是错。

也会知道，对于橘辰熙的感情，我究竟是不是能彻底放下。

伴随着清脆悦耳的下课铃声，教室里顿时炸开了锅，我不紧不慢地收拾着书包，走出教室，前往我兼职工作的地方。

"咦，苏小北，你怎么在我后面？你不是一放学就走了吗？"正当我回头随意瞭望的时候，却发现了同班的苏小北在我身后。

"哦，我落下点东西，折回来拿。"

"那你现在不回家吗？"

"回去。"

"可你家不是这个方向的呀？"他行走的方向，明显就是跟他家相反的方向。好奇心使然，我又情不自禁地询问起来。

"嗯。我一会儿再回去。"苏小北似乎有些"难言之隐"，见他露出刻意想要隐藏的情绪，我便不再问下去，继续朝着蛋糕店的方向前进。

就在离蛋糕店不远的拐弯处，我又一次看到了苏小北。我在心里盘算着苏小北的行径，所有的迹象都表明了一个事实：他在跟踪我！

"苏小北，你这是干什么呀？你是不是有事找我？"我走到不远处的苏小北面前，单刀直入地问道。

"没有啊。"他一个劲儿地摇头表示否定，我为此很不解。

我提起手腕看了看时间，糟糕！还有3分钟就迟到了！

既然苏小北并不是有事要找我，或许他行走的目的地只是跟我同一个方向而已，我在心里为苏小北古怪的跟踪行为做出解释。

"哦，好吧！那我有事就先走啦，回头见。"

"好的。"

跟苏小北道别后，我便飞奔至蛋糕店，迅速换上工作服，开始了忙碌的工作。

"欢迎光临。"就在我低头忙活着摆放刚烤出来的欧式红豆餐包时，

有人推开门进来了。

"两个菠萝包，一个全麦吐司，一个杧果千层，谢谢。"一个熟悉到能把人沦陷的声音在柜台前响起。

是他！那个我极力想要逃避的橘辰熙！

我猛地抬起头用惊讶的眼神与他对视；橘辰熙见到我也很诧异，他的眼角微微扩张，轻轻地皱起了额头。

"怎么是你？"他不敢置信地问道。

"干吗不能是我？我想学点烘焙技巧不可以吗？"我胡诌了一个理由，起身帮他拿他所需要的东西。

"当然可以，我也就是问问。"橘辰熙的这句话让我更难受了。

可是，我现在是上班时间，只能强忍着内心的情绪，按着他的要求，一一装好了菠萝包、全麦吐司和杧果千层。

"一共50块整。"我一边给他打包，一边报出了总数。

在接过橘辰熙递过来的100块钱时，我没忍住地问了一句："这是要带回家吗？还是干吗？"

"你管我。"橘辰熙傲慢地回答我。

我承认我又输了一局。

他拿着打包好的食物，都没等我找他钱，就转身往外走。

看着他离去的那个冷酷的背影，我实在难以想象头一晚我们还特别坦诚地边喝咖啡边聊天到深夜。

昨天晚上的他，难道是橘辰熙的替身吗？

真是个性格分裂、情绪多变的人啊！

02

忙碌使人变得麻木，也能使时间过得飞快。

一个晚上的时间，就在忙碌中飞快地度过了。这样的忙碌，也让我没有时间去思考橘辰熙的面包是为谁买的，他为什么突然之间又对我态度那么差。

蛋糕店打烊前，我换回自己的衣服，推开店门，打算狂奔至公交车站，赶上最后一班公交车，却在我即将迈开脚步撒腿就跑的那一秒，苏小北突然出现在了我面前。

"嘿，言同学，好巧。"他扬起嘴笑笑，轻松地跟我打起招呼。

"哇，你怎么还在这里啊？"

莫非他一直在这附近徘徊，没有回去吗？

"哦，我刚好路过这里。"苏小北说着，挠了挠头，脸上露出了害羞的表情。

"真的只是路过吗？"我有些将信将疑地问道。

"是啊，呵呵。"苏小北再次不好意思地笑了笑。

"那好吧。路过就路过吧，哈哈。"

"那一起回家吧？"苏小北着急地说道。

"我们回家的方向不同吧？"

"不同也没关系啊，你看，天色都这么晚了，你一个女孩子回家不太

安全。"苏小北一边说着，一边带着我往公交车站走。

"不用了啦，太麻烦你了。"我停下来脚步，看着苏小北说道。

我跟苏小北除了上次在游乐场有过接触外，平常接触的时间也不多，所以还是不太好意思麻烦他。

"不麻烦。"苏小北双目炯炯地看着我，让我一时之间不知道该说什么好。

"快走吧，车来了！"苏小北说着，不由分说地就牵起我的手跑起来，去追前面不远处到站的公交车。

因为是这个线路的最后一趟公交车，所以上车的人数比较多，我们终于赶在最后一波上了车。可是，当我刷完公交卡，站稳了之后，在车厢随便看了一眼，便看到那两个熟悉的身影。

就在我前方10点钟方向的椅子上，橘辰熙和韩笙雅两人有说有笑地并肩坐着，而韩笙雅的手上，提着那袋我亲自包装好的食物。很明显，他们在我们之前一点点上的车。

"哇，小乐，这么巧。"就在我准备对他们视而不见、走到后面的位子上坐下的时候，韩笙雅一把叫住了我。

"呃，好巧。"我面无表情地回应她，而此时的橘辰熙，眼神正愣愣地盯着站在我后面的苏小北。

"他是谁？"

这霸道的语气，除了橘辰熙，不会再有第二个人了吧！

橘辰熙眼神里充满着敌意，盯着我质问道。

"我同学，苏小北。"

"哦。"一声冷漠的回复让全场陷入无声的尴尬。

紧接着橘辰熙便不说话了，这让我很莫名其妙，而苏小北为了化解场面的尴尬，再次牵着我的手，走到后座，安抚我坐下。

我此时的情绪，已被莫名其妙的橘辰熙搅乱得烦躁无比。

"你没事吧，言同学？"等我坐定之后，苏小北轻轻地拍着我的肩膀，温柔地问道。

"哦，我没事。"我这才从橘辰熙的身上抽离出视线。

"你跟橘辰熙，很熟吗？"苏小北试图打听。

"打过几次照面，交过几次锋，并没有很熟。"我知道我撒谎了，毕竟我住在橘辰熙家里的事还需要隐瞒。

若是被橘辰熙知道我告诉别人这件事，他非扒了我的皮不可吧！

"哦，那就好，还以为你跟他很熟。"苏小北轻松地叹了一口气，紧接着又补充道，"不过橘辰熙看起来很霸道的样子。"

"他向来都这样。"我脱口而出，和他生活了一段时间，对他的生活习性和性格太熟悉不过了。

"嗯？"苏小北有些吃惊。

"哦，没有啦。听说他一向都是这么霸道和冷漠的。"为了不让苏小北起疑心，我迅速改了口。

"原来是这样。"

接下来的时间，简直就是虐狗的时间。不知韩笙雅是刻意表现得跟橘

辰熙很亲昵的样子，还是情到浓时，很自然的表现。

总之，看到他们俩那么甜蜜那么幸福地在我眼前晃动，我的心如刀割一般难受。

为了不让苏小北察觉到我的异样，我只能假装犯困，半眯着眼睛不再说话。

"小熙，周末我们去坐旋转木马好不好？"

"小熙，你买的杧果千层真好吃。"

"小熙，你对我真好，谢谢你。"

自始至终，我都是抱着头，闭着眼睛，听着坐在前方的韩笙雅一句又一句娇嗔撒娇的话语，话语中满满都是幸福的感觉；那橘辰熙应该也是幸福的吧！

此刻，已经不用橘辰熙再当面承认他跟韩笙雅是否在一起的问题，事实是什么，已经再清楚不过了。

心里的情绪面临崩溃，我只好像抓救命稻草一般，猛地抓起了苏小北的手。

"我们下车吧，现在，立刻，马上！"我紧紧地咬住下唇，任由疼痛感从嘴边蔓延至全身。

苏小北微笑的脸，在看到我一脸的异样时，立马僵硬了下来。但出乎我意料的是，他并没有紧接着问我原因，而是直接拉起我的手，走到后车门的位子。

"师傅，本站有下，麻烦停下车。"苏小北站在我的右侧，这个方位正好能遮住橘辰熙的视线。此时的我，已经再也装不下去了，我怕再待一秒，整个人就会放声大哭，然后成为整个车厢的焦点。

"小乐，还没到呢，你就下车吗？"韩笙雅对我没到站就下车表示很惊讶，但此时的我，选择任性地无视她。

直到下车，我都没有听到橘辰熙一句关心的话，这让我的情绪彻底崩溃了。眼泪顺着脸颊流下来，怎么止也止不住。

苏小北在我们下了公交车后，随手招呼了一辆出租车，车的方向，依然是开往我家。哦，不，确切来说，是开往橘辰熙的家。

夜色阑珊，迅疾的风慢慢吹干了我脸上的泪，透过出租车的窗外，霓虹灯下是车水马龙的世界，

真热闹啊！

他们的世界！

"言同学，你，没事吧？"在开往回家方向的出租车上，苏小北终于发起了他的疑问。在逐渐冷静下来的时候，我对他说出了善意的谎言。

"其实也没什么事啦，就是刚刚车子路过的时候看到一个很感动的画面，有些抑制不住，出糗了。"我低着头，不敢看他的眼睛。

"哦，原来如此，言同学真是一个感性的人啊！"

"呵呵。"

之后，苏小北也没有过多的话语，一直到出租车来到小区门口。

苏小北坚持要把我送进去，我也不好推辞，于是便和他慢慢地并肩走着，夜晚的灯光把我跟苏小北的影子拉得很长，很长。

直到把我送到别墅门口，他才开口跟我道别。

我对着苏小北离开的背影，轻轻说了一句："对不起。"

03

我下车的地方离橘辰熙家不过两站路的距离，坐出租车回来，照理说也只比公交车快一点点。加上我跟苏小北聊天和漫步也耽误了一些时间，我到家的时间，应该和橘辰熙到家时间差不多才对，但是直到我洗完澡出来，橘辰熙都还没有到家。

"我对苏小北撒谎了。"因为橘辰熙一直没有回，而我心里积攒了一堆悲伤的情绪，只好拨通了娇媚的电话，把下午发生的一系列事情，全盘跟她交代清楚。

"听你这么一说，我发现了一个问题！"在听完我的描述后，娇媚给我分析道。

"什么问题？"

"你有没有感觉到苏小北似乎有点喜欢你的意思？"娇媚问道。

"不可能。"我先是一顿否定，紧接着回想了这一连串的事，从下午放学的跟踪，到下班后的偶遇，再到送我回家，好像还真有那么一点意思，"等等，娇媚，你还别说，好像真是那么回事呢。"

"嗯，凭我的直觉，应该八九不离十了！"

"可是我一直在欺骗他。"

"那也是善意的谎言。不过话说，如果苏小北跟你告白，你真的会接受吗？"

如果苏小北跟我告白，我会接受他吗？

一个大写的问号摆在我面前，我并没有认真考虑过这个问题，我的脑海里，依旧满满都是橘辰熙，无论我多么想要忘记他，将他从我的心里赶走，可是，好像都不管用。

娇媚说的转移注意力的方法，只能让我在忙碌的时间里短暂地忘记他，一旦闲下来，一旦看见他和韩笙雅在一起，我就会像中了毒似的，停不下来地满心满眼都是他的影子。

"娇媚，我不知道。"我犹豫了半天后说道。

"其实苏小北也挺好的嘛！也许这是你彻底放下橘辰熙的机会呢！"娇媚不希望我因为一个橘辰熙继续伤心下去。

正在这时，橘辰熙用钥匙开门的声音，传到了我的耳朵里。

"橘辰熙回来了，我不跟你说了，回聊！"我立马挂掉娇媚的电话，生怕橘辰熙路过的时候，听到我们正在议论他，那就太尴尬了。

"喂，我们聊聊？"刚挂下电话，橘辰熙就像幽灵一般出现在我的房间门口。

"啊？"他刚约会回来就要找我谈心吗？

"你跟那个什么苏小北是什么关系？"橘辰熙开门见山地抛出了他所谓的聊聊的话题，整个人双手抱胸，倚靠在门边。

"同学。"我转身坐到床边，平静地回答道。

一想到他跟韩笙雅幸福的样子，我既伤心，又生气，他现在又有什么

立场来管我和别人是什么关系？

"同学能一路送你回家？"

"同学还能跟你在家门口聊半天？"

"喂，你俩是在交往吗？"

橘辰熙发出了一连串的质疑，那张原本冷峻的脸上多了一些隐约可见的怒气。

"你怎么知道他送我到家门口的？你不是才刚回到家吗？"

"如果我的脑子装的跟你一样的东西，恐怕我现在不是在A班，而是成为你的同桌。"橘辰熙讽刺的能力无人能及。

"那你的脑子里装的是什么东西？"

"显然跟你不一样的东西。"

我承认，跟橘辰熙拌嘴，分分钟能够让我忘掉之前积怨起来的所有对他不满的情绪。

"可是……"

"别可是了，也别转移话题，你们俩关系这么亲密，不仅仅是同学那么简单吧？"橘辰熙不依不饶地追问道。

"你今天吃错药了吗？干吗对我的事那么感兴趣？还是多关心关心你的女朋友韩笙雅吧。"见我提到韩笙雅的时候，语气里满是怒气和怨气，橘辰熙立马换了一个态度。

"你是因为我给韩笙雅买面包的事生气了？"

我撇嘴，一说到这个就来气。

"这件事我不想解释，总之，不是你想的那样。"橘辰熙见我不说话，自顾自地说道。

"我想的哪样？难道你是我肚里的蛔虫吗？"跟橘辰熙交锋这么久，他损人和讽刺人的能力我已学会了不少，正好现在，可以用上了。

"蛔虫这种低级的生物，我可不想做。"

"你……"果然跟橘辰熙这种天才吵架我是吵不过的，分分钟会被他逼出内伤。

"算了，看在你如此傻白甜的面子上，就不跟你计较了。至于你的事，我只是想要告诉你一声，不要轻易答应让男生送你回家。"

"你这是在关心我吗？"我试探性地问道。

"你想太多了。我只是因为答应我妈妈会好好照顾你，所以提醒一声。"说罢，他转了个身，便离开了我的房门，头也不回地径直往他的房间走去。

好吧，原来，是我想太多了。

这天晚上，我躺在床上辗转难眠。

自从发现自己心里住着橘辰熙之后，失眠便常常光顾我的世界。打开床头灯，鹅黄色的光晕瞬间照亮了整个房间，温暖极了。

我走下床，打开了抽屉那把被我当成宝贝一样珍藏的幸运物——四弦吉他，看着它，仿佛看到了那个小少年，在对我微笑。

脑海中不由自主地想起了上次那个梦，小少年变成了玉树临风的王子，而我，正是他苦苦寻觅的那个人。

这样的美梦，会有实现的那一天吗？

那个能聆听我所有心事，替我排忧解难的人，真的会有那么一天，再次出现在我的面前吗？

04

一整夜都没怎么睡觉，我的两只眼睛肿得老高，整个人也有些精神不振。"又一夜没睡好吧？"教室里，娇媚转过身，拍了拍趴在桌上没什么精神的我。

"明知故问。"

"喏，有一个神秘人让我把这个纸条带给你。"

"谁呀？"我一边有气无力地打开纸条，一边问道。

"自己看不就知道了。"娇媚笑得有些奸诈，就是不肯直接告诉我。

"今晚8点，后门小森林见。"纸条上的字迹刚劲有力，写得工工整整，让人一看就很舒服，但是我左看右看，就是没有看到署名。

会是谁呢？

我再次把疑问的目光投向娇媚。

"反正你问我我也不会告诉你的，晚上按时赴约不就好了。"娇媚顿了顿，继而又补充道，"哦，对了，我晚上会陪你去的，放心好了。"

"哼，你们葫芦里卖的什么药？没想到你竟是这样的娇媚！"对突如其来的神秘邀约，我感到好奇心十足，萎靡的精神不知不觉间也振奋了一点点。

"我可都是为你好呀，小乐。"娇媚语重心长地说道。

"那是，你知道我有夜盲症的，可别到时候把我给卖了啊！"我故意嗔怪着跟她开玩笑。

"放心吧，就你这种，想卖都卖不掉啊！"娇媚指了指我的眼睛，毫不留情地说道。

"哼！你敢取笑我！"

和娇媚打闹一阵后，我们就开始了一天的学习课程。

晚上，吃过晚饭后，我和娇媚相约一起来到学校后门口的小森林。夜晚的小森林出奇漂亮，一排排的景观树上随意缠绕着五颜六色的led彩灯，一串串，一条条，一闪一闪的，像满天闪烁的繁星。每隔几棵树上，都扎着紫色和白色的气球。整个场景，美得如梦似幻。

而在小森林正中间的位置，有一排彩色的小灯还排成了一颗"心"的形状。

"老实交代，这里的装扮，有没有你的份？"我指了指娇媚的鼻子，问道。

"我可没有帮忙哦！"娇媚笑得很诡异，说到，"你还是自己去问当事人吧！"

她说完，就慢慢松开我的手，把我送到那颗"心"旁边。

"啪……"突然，彩灯全部熄灭，我瞬间陷入一片漆黑中！在伸手不见五指的环境里，我的夜盲症开始出现了。

"娇媚，娇媚！你人呢？"我在黑灯瞎火的环境中胡乱摸索着，试图

找到娇媚，但这家伙不知道躲到哪里去了。

就在我搜索了半天依旧无果、打算放弃的时候，我的指尖触碰到了一双修长的手，再往更大范围的地方去触碰，此时，我已经感到了眼前站着一个人。

他手里拿着一捧鲜艳的玫瑰，微喘着呼吸声，却不敢轻易说话。

直到灯光再次亮起的那一刻，我才看清楚了眼前苏小北那张清浅的笑脸。他就这样站在我面前。

"咦，小北，你怎么会在这里？"我诧异地问道，睁大双眼等着苏小北的回答。

"因为某个人。"他的眼神略微有些迷离，眼里倾泻了一地的温柔。

"啊？你在说什么？"

"笨蛋，小乐，这一切，都是苏小北精心设计的呀！"娇媚这个时候突然冒了出来，一语道破所有的事情。

"纸条？"我从兜里拿出那张神秘的小纸条。

"嗯，纸条是我写的，也是我求娇媚带你来这里的。这里的一切，也是我今天下午特意布置的。"苏小北温柔地看着我，有些紧张地说道，"小乐，自从上次在公园游乐场，你帮我克服了恐高症之后，我就开始喜欢上你了，但是，我一直没有勇气表白。最近，娇媚说你经常不开心，我不想看到这样的你。我想让你一直开开心心、快快乐乐的，不如，你做我的女朋友吧？"

苏小北一口气说完，把手里的玫瑰花递给我。

　　"啊！我……" 苏小北的告白来得太突然，我顿时有些手足无措起来。环顾着眼前，鲜花、气球、彩灯，一切浪漫的元素，苏小北都用上了，看得出来，他确实为了今晚的告白花了不少心思。可此刻的我，竟然不知道用什么言语来面对他的告白。

　　"在一起，在一起！"被苏小北邀请来的好友们在一旁起哄，就连娇媚也卖力地在一旁吆喝着。

　　"小乐，我想听你的答案。"苏小北再一次温柔地说道，眼神认真且坚定。

　　"我，其实……"正当我打算回答他要考虑一些时间的时候，橘辰熙奇迹般地出现在了我的视野里。

　　当看到橘辰熙踏进"小森林"来的时候，我的整个心脏都像是要扑出来一般。可随后，韩笙雅从他身后出现，很自然地牵起了橘辰熙的手，两人肩并肩走了进来。

　　而对于大庭广众之下如此亲昵的牵手动作，橘辰熙并没有表示拒绝。

　　"哇，你们在干吗？这里布置得好浪漫啊！"韩笙雅欣喜的声音，打破了现场沉默的气氛。

　　"喂，你们没看到暂停营业的公示吗？"娇媚向来看不惯韩笙雅得意的样子。

　　"哎呀，干吗要暂停营业嘛？你看，你们不也在吗？"

　　"你……"娇媚被气得接不上话来。

　　此时，大家都把注意力转移到刚进店的韩笙雅和橘辰熙身上，没人注

意到我脸上的表情。我紧紧地咬住嘴唇，呼吸变得局促起来。

因为我在尽力地克制即将要爆发的眼泪。大概是太喜欢橘辰熙的缘故，自从得知他跟韩笙雅在一起之后，我的泪腺就变得特别发达，眼泪说来就来。橘辰熙那双手，是我无数次想牵起来的，现在却被韩笙雅如此自然地牵着。这么明显的关系，再也不能认为只是绯闻了吧！

橘辰熙，你为什么不敢承认自己已经跟韩笙雅在一起了？这样才能直接断了我对你的念想啊！好吧，既然你不肯承认，那么，就让我自己来痛快地结束吧！从目前的情况来看，我接受苏小北的告白，就是最好的结束方式了吧！

"小北，我同……"正当我要把"我同意"说出口的时候，橘辰熙甩开韩笙雅的手，猛地朝我走过来，一把拉住我的手腕，直接在众人面前，拉着我离开了，任凭身后的韩笙雅跺着脚满脸仇恨地冲着我大吼，任凭大家在我们身后呼喊我的名字。

橘辰熙一句"谁也别跟过来"把大家都吓得赶紧闭了嘴。

05

"他跟你告白了？"橘辰熙把我扯到巷口拐弯的胡同里，狠狠地把我摁在角落，脸上是我从来没见过的怒气。

"这跟你有关系吗？"眼泪还停留在脸颊，湿湿的，润润的。

"人家跟你告白，你哭什么？"

"我感动到哭不行吗？"

"哦，是吗？所以你打算接受人家的告白了？"

"喂，橘辰熙，你凭什么管我的事？"莫名其妙地被橘辰熙拉扯过来，原本悲伤的我，瞬间变得有些愤怒。

"所以呢？"橘辰熙面无表情地追问道，眼睛紧紧地盯着我。

"所以你只要管好你的韩笙雅就好了，干吗要管我是不是答应别人的告白？"我气得冲他大喊。吼完，我侧过身绕开他，准备离开。突然，一个高大的阴影把我挡住，紧接着，我就被揽入了一个温暖的怀抱里。

天哪！橘辰熙这是要干吗？他怎么突然抱住了我？

1秒……

2秒……

5秒……

10秒……

我愣得不敢眨眼睛，生怕这是一场梦，只要一眨眼，梦就醒了。我眷恋这个我期待已久的怀抱，这个散发着独有香味的怀抱，这个温暖坚实的怀抱，这我做梦都想被他拥入怀里的怀抱，如今，却在不经意的情况下，实现了！

"不要答应他。"橘辰熙细若蚊蝇的声音在我耳边响起。

"嗯？什么？"

"不要答应他的告白！"橘辰熙稍微提高了一点音量，语气既霸道又温柔。这样的橘辰熙，让我有一秒钟的沦陷。

可是，他不是已经有了韩笙雅吗？为什么此刻的表现，让我以为他也

有那么一点点在乎我，喜欢我？

这到底是怎么回事？

我使劲地摇摇头，想让自己变得聪明一点，理清楚这所有的事情。

从他突袭的怀抱里回过神来后，我一把推开了橘辰熙。

"橘辰熙，你现在是什么意思？你让我不要答应别人的告白，是因为你也喜欢我吗？可是，如果是这样，那韩笙雅算什么？你跟她到底是什么关系？"我希望此时此刻能听到橘辰熙的正面回答，不管是什么样的事实都好。

"事情不是你想的那样，我需要一些时间。"听到我的问话，橘辰熙面有难色，眼神迷离，不知道在想些什么。

我没有继续追问他，我只是头一次丢下了橘辰熙，抹了抹眼角的泪水，一个人离开了原地。此时此刻，我只想一个人静静。

橘辰熙，苏小北，韩笙雅，娇媚……

这些熟悉的名字，以及今晚发生的所有事，我都想统统抛在脑后。晚上，回到家，我趴在床上，被一阵刺耳的电话铃声给震得坐了起来。

"小乐啊，爸爸想跟你的新妈妈去你的城市看看你，好吗？"

"新妈妈？开什么国际玩笑，我只有一个妈妈！"我对着电话大吼，爸爸的电话总是在那么不合时宜的时候打来，就像这通电话，简直就是火上浇油。

"小乐，你别这样，爸爸只是想看看你。"

"我跟妈妈现在过得很好，不需要任何人的打扰，如果没什么事情，我就先挂电话了。"

这些年面对父母的争吵，我的心早就从不堪一击练就到坚不可摧。在父母离婚这件事上，我坚决站在妈妈的立场上。而对于那个破坏我家庭的人，就算跟爸爸的感情再好，也绝对，不会得到我的原谅！

"小乐……"

"啪……"任凭爸爸在电话那头大喊我的名字，我也毫不犹豫地把电话挂掉。

"言知乐。"橘辰熙的声音从门外传来，我转过身去，便看到他那张不再冷峻的脸。想起不久前的拥抱，我的脸不自觉地红了起来。

"什么？"

"喏……"他朝我扔过一个香芋味的五羊甜筒，这个在我伤心难过的时候总会想吃的东西。

"你怎么知道我现在最需要它？"对橘辰熙带着甜筒及时出现我表示很有疑问。

"都说了，我的大脑构造和你的不在一个档次。"橘辰熙顿了顿，继而说道，"其实，我刚刚听到你跟你爸爸的通话了。"

"那你觉得我应该去见那个破坏我家庭的女人吗？我应该原谅我爸爸吗？"我咬了一口甜筒，不自觉地把橘辰熙当成了最信任的人，问出了心底里一直以来想得到答案的问题。

"关于这件事情，我不表态，因为我不是当事人，所以也给不了你任何建议。"

"所以呢？我到底应该怎么办？"

"我想，你应该学着慢慢释怀，你觉得呢？"

"可是，我一点都不想原谅他们！"

"嗯，那你听过一句话吗？"

"什么话？"

"沉默是最大的智慧。你可以尝试着用一颗平静的心去面对你爸爸，慢慢学会放下以前的事情，用积极的心态面对未来，走出怨恨。"橘辰熙顿了顿，继续说道，"再说了，你跟阿姨，现在的状态都还不错，所以没必要再为过去的事情耿耿于怀，让自己不开心了，不是吗？"我仔细地斟酌着橘辰熙的这番话。

是啊，好像是我自己一直活在过去的阴影里，不愿意与爸爸和解。妈妈已经有了新的生活，她对爸爸的埋怨和恨意已经随着新生活的展开，淡化了很多，只有我，一个人还困在里面，不愿意出来。

心中因为这番话而豁然开朗。我抬起头，朝橘辰熙投去感激的目光。

"谢谢你，橘辰熙。"这是头一次，橘辰熙站在朋友的立场，跟我说起爸爸妈妈离婚这件事。他不是教条地告诉我要怎么样，而是从他的角度，引导我开朗乐观，保持着正能量去面对生活。

这样的橘辰熙，整个人都散发着不可思议的迷人气息。

07

第七章

遇见你是未知的意外

Dian qi
Jiao jian
Qinwen xingfu

　　——你为什么要骗我？那颗痣是假的吧。

　　——因为我喜欢你，我好喜欢你。

　　01

　　因为爸爸的一通的电话，心情坏透了。但同时，在橘辰熙的安慰下，我决定真正地从那段阴影中走出来，学会去释怀，放下了，心也会跟着清朗许多。

　　所以对于橘辰熙，就事论事来说，我是心怀感激的，至少他在我无助的时候，能够站在我身边给我温暖，像一株向日葵，驱散弥漫在我周身的阴霾。恍惚记起昨晚的谈心，竟然感觉橘辰熙有几分小时候秋千男孩的相似，是我的错觉吗？但第六感告诉我：或许，这并非是错觉。

　　"小乐！要不要去郊外浪？今天可是周末耶！"一大清早，娇媚的电话便在耳边响起，伴着她兴奋的声音，我不得已的从梦境中醒来，揉着惺忪的双眼接通了电话。

"去郊外？跟谁啊？"

"你，我，还有橘辰熙和我男朋友顾宇凡啊！"顾宇凡跟橘辰熙是铁哥们，这我知道，单四个人的"约会"，我跟橘辰熙，有点像充当电灯泡的意思。

"喂，善变的林娇媚同学，好像前两天你还撮合我跟苏小北在一起呢！你还让我放弃橘辰熙，那现在安排我跟橘辰熙当你们俩的左右护法，是几个意思？"我实在摸不清娇媚的套路了。

"我错了小乐，你要原谅我啊。当时看到苏小北求我帮忙时可怜的眼神，我忍不下心，才帮他的；我知道你不喜欢苏小北，我决定了，支持你继续默默地喜欢橘辰熙，并且多制造你们在一起的机会！"

"可韩笙雅才是橘辰熙的女朋友呀，我只能选择放弃。"

"未必哦，从那晚橘辰熙拉着你离开告白现场，我就知道他一定有故事。"娇媚顿了顿，似乎想起了什么，然后又紧追着问，"对了对了，快跟我说说，他拉着你出去对你干吗了？"

我在电话这头脸红了，那晚被橘辰熙霸道地拥入怀里的画面，清晰地浮现在我脑海里。虽然一个拥抱不能代表什么，但确实让我的心，犹如小鹿乱撞一般，跳动得厉害。

"没，也没什么。"我不敢把橘辰熙否认他跟韩笙雅在一起的事实告诉娇媚，生怕八卦的娇媚，一不小心就说漏了嘴，而从此，我就被冠上"破坏者"的罪名。而韩笙雅和橘辰熙之间，似乎在隐藏着一个不为人知的秘密，就如橘辰熙说的那样，他需要一些时间。

"噢？是吗，有猫腻噢。"然而，聪明的娇媚并不相信我的话，情急之下，转移话题，才是最佳的方法。

"去郊游，好啊！"

"话题转移得真快啊，好吧，暂时就放过你好了，不过我觉得噢，你跟橘辰熙肯定有故事。"娇媚这妮子不依不饶了。

"好了啦，我跟橘辰熙之间有什么的话，第一个知道的肯定是你好吗？"给娇媚吃了一颗定心丸，这妮子总算消停了，"那顾宇凡有跟橘辰熙说要去郊游的事情吗？"

"这个伟大而艰巨的任务，就交给你这个'同居的室友'来完成啦，嘿嘿，感谢我吧小乐，又给你制造了跟橘辰熙说话的时间呢。"

"喂，你们，讨厌！"真是拿娇媚没辙了。

挂完电话，心里早已被兴奋填满，如果橘辰熙答应了郊外的赴约，那又有机会跟橘辰熙单独相处啦！自从那晚从告白现场被橘辰熙拉出来之后，他的一番话，几乎已经治愈了我那颗受伤的心。至少，他让我相信，他跟韩笙雅之间，或许并不是真正的交往。

"咚咚咚。"我径直走到橘辰熙的房间，打算完成娇媚吩咐给我的重要使命。但敲了半天，却不见橘辰熙的踪迹，我又加大了力度，随后又敲击了几下。

"喂，你打算就这么一直敲下去吗？"橘辰熙的声音从身后清晰的传来，我立马就回头，而橘辰熙，左手拿着一杯热牛奶，右手插着裤袋，倚靠在墙上，目不转睛地盯着我问。

　　"我还以为你在房间里。"顿时感到脸上一阵发热，好尴尬啊！

　　"我可不像你，帅的人早就起床忙活了，而丑的人还在睡觉做梦。"

　　"喂，一大清早的你就跟我抬杠！"

　　"好了，不逗你了。说吧，找我什么事。"他端起杯子，饮了一口热牛奶；跟橘辰熙相处的时间越久，发现他对待我的态度，慢慢地好转起来，至少不会再一味地跟我找茬和"挖苦"我了。

　　我把娇媚的计划原封不动地附述了一遍，我下意识地捏了捏衣角，生怕听到橘辰熙拒绝的回答。

　　"可以。去呗。"他脱口而出，语气很自然也很轻松，没有半秒犹豫的回答。

　　"哇，真的吗。"我简直不敢相信自己的耳朵，橘辰熙居然答应了我的请求！

　　"同样的话我不想重复第二遍。"

　　"噢。好吧"虽然他很快就"变了脸色"，但我分明看到他嘴边有一抹藏不住的开心，"那晚点娇媚和顾宇凡会过来跟我们回合，我先去准备一下。"

　　"嗯，一会儿叫我。"说罢，橘辰熙便从我身边擦过去，径直走进房间里了。

　　我心里已经乐开了花，直到橘辰熙把门合上之后，我控制心里那份因兴奋而滋生出的洪荒之力，在原地开心跺起脚来。

　　"喂，你是要把房子震塌是吗？"橘辰熙打开了房门，探了个头出

来，眉头紧锁地质问我。

"啊，没，我去忙了，嘿嘿。"羞红着脸，狂奔出橘辰熙的视线。

02

把冰箱里的酸奶，可乐，以及柜子里的薯片等零食装进包里，再把头一晚从"小森林"带回来的小餐包装进便当盒里，ok，完美，一切准备完毕。我对着眼前的两个随身包，以及打包好的各色食物，不禁美美地称赞了一番。

"弄好了吗？顾宇凡他们到门口了。"

"你是闹了闹钟了吗？这么准时。"就在我正打算去房间叫橘辰熙的时候，这家伙已经整装待发地出现在我面前了。

"显然是的。"真是个一点都不会谦虚的家伙，不过他径直走过来把所有的包往身上一揽，这让我心里泛起了一丝小感动。

打开大门，看到了等候半天的娇媚跟顾宇凡，看得出来，娇媚有精心的打扮过一番。一身粉色的蕾丝连衣裙，一顶田园风的竹编帽，小脸蛋上轻轻地涂抹了一些胭脂和口红，看起来，确实很动人。

"哇哦，小妮子，今天打扮得挺漂亮呢。"我上前去调侃道，顺道跟站在一旁的顾宇凡打了招呼。

"嘻嘻，橘辰熙呢？"

"后面呢，拿着东西。"

"哇，橘辰熙居然主动帮你拿东西啊？"娇媚的反应也跟我当时一

160

样，不可置信。

"对吧，我刚刚也被惊到了耶，他真的变了好多。"

"嗯，他确实变了好多，嘿嘿，一会儿你就知道了。"娇媚笑得很诡异，笑容的背后，像是隐藏了一个巨大的秘密，而这个秘密，除了我，其他三个人都知道。

"什么情况，又要把我蒙在鼓里呢？"我穷追不舍。

"待会儿你就知道咯。"娇媚继续卖关子。

"好吧，好吧，不知道你们葫芦里卖的什么药，哼。"

"那也是橘辰熙的独家良药，专治你，哈哈。"

"讨厌……"娇媚这妮子居然公然的拿我和橘辰熙开涮，把站在一旁的顾宇凡给逗乐了，恰逢橘辰熙把东西提出了门，看到正抱成一团互相打趣的我和娇媚，随口就说："激情不错。"这么一说，害得我立马松开勾在娇媚脖子上的手，停止了打闹。

"喂，哪有啊。"我低着头，害羞的解释。

"好了，走吧。"橘辰熙一声令下，两个男生提着大大小小的东西，而我和娇媚，手牵着手，蹦跶地前往公交车站。

清晨的一缕微光打照在路面上，光滑的路面顿时像被擦干净的皮鞋，擦得锃亮。我们四人在路上有说有笑，俨然两对小情侣的架势，不知情的人还投来羡慕的眼神，毕竟橘辰熙和顾宇凡的颜值，确实值得路人愿意多停留半秒钟在他们身上。

"小乐……"熟悉的脸，亲切的声音，以及那个久违的亲人，出现在

我的视线里，而他的右手边，正站着那个曾经把我跟妈妈贬低得一无是处的"家庭破坏者"。

愤怒瞬间聚焦到我的眼睛，我皱起了眉头，手指开始因为怒意而不自然地发抖，正当我克制不住内心激烈的仇恨而要冲上前时，却被一双温暖的手给握紧了。

"淡定。"橘辰熙望着前方，淡定自如地说。

"我淡定不了！那阿姨居然都找到这里来了，还当着我的面，牵着爸爸的手！"我越说越激动。

"不然你想怎么样？冲上去跟她干一架？你能不能成熟一点？别忘了，站在她旁边的，是你爸爸。"橘辰熙紧紧地拽着我的手，生怕一不注意，我已经冲到对面去跟那个阿姨大干一架。这些从小就憋在我心里的怨恨，小时候不知情，总是懦弱的退缩；长大了，难道还不让我痛快地打骂一场吗？

"我就想给她一点教训，告诉她，我跟妈妈，并不是害怕她！"

"够了，你冷静点！，我知道他们要来。"橘辰熙扳过我的肩膀，与我对视。

"你知道？"

"不然你以为大清早的我为什么不在房间。"

听完橘辰熙的一通解释，我才明白，原来早在我去他房间敲门的时候，他早就在大门外见过爸爸了，而爸爸，因为我生气地把电话线掐断了，竟然在大门外等了一个晚上。而我这个所谓的"后妈"，是早上刚刚过来接爸爸回家的，所以就在我们出门的时候，才撞见牵手的一幕。

　　"其实，你爸爸仅仅是想和你见一面，而并非是想引来这样的打闹，都这么多年没见了。"我顿时泪如雨下，橘辰熙松开了我的手，示意让我走到爸爸身边。最终我还是选择了原谅爸爸，年迈的父亲，在家门口等候了一个晚上，只为见到我一面，他说，如果有什么方法愿意赎这几年的罪，他愿意用尽心力，弥补之前对我的缺少的父爱。

　　"我不怪你了爸爸，不怪你。"我哭得一塌糊涂，扑在父亲的怀里，感受着久违的来自父亲的温暖。

　　"小乐啊，你跟妈妈，要好好的生活啊，不要怪罪爸爸。"

　　"呜呜呜……"半刻钟之后，我挥着眼泪跟父亲告别，这一别，也许又要好几年都见不到。抹干眼泪，娇媚拽了拽我的衣袖说道：

　　"看，好戏来了。"顺着娇媚眼神的方向，我看到了眼前既能把人逗乐，又算得上惩罚的一个画面：

　　一只好像刻意被放出笼子的边牧犬，受了主人的指示，朝着爸爸身边的那个破坏我和谐家庭的阿姨冲了过去。边牧犬并不咬人，只是它冲过去较为凶猛的姿势，似乎把那位阿姨吓得魂都没了。看到她在原地左蹦右蹦地想躲避边牧犬的狼狈样，我扑哧地笑出了声；而一不留神，那位阿姨就被边上像是被人刻意安置的一块大石头给绊到脚，摔了一个跟跄！

　　"哈哈哈哈。"娇媚大声地笑了出来，继而又补了一刀，"糗大了的怪阿姨，快回家吧，别在马路边丢人显现啦，哈哈哈。"

　　"你……臭屁孩！"那位阿姨快速地爬了起来，生气得直跺脚。

"老言，你看这帮小屁孩！你看看！"

"好了好了，别跟孩子一般计较了，回去吧。"

看着爸爸无奈的眼神，离开的背影，以及刚刚被捉弄的那位阿姨，我的心里，竟是五味杂陈。

"消气了吧，小乐。"娇媚拍了拍我的肩膀，脸色的笑意还未褪去。

"这，究竟是怎么一回事呀？"看到娇媚似乎得心应手的样子，我打包票，边牧狗狗的出现和路边绊脚的大石块，一定不是偶然的。

"好啦，这就是刚刚我要跟你说的惊喜呀。"

娇媚把事情的原委告诉了我，原来这一系列的"幕后操作者"居然是橘辰熙，我吃惊地张大了嘴，眼神不由自主地望向了他。

"哇，橘辰熙，你简直太厉害了吧！"我向橘辰熙投崇拜的目光！

"差点因为你的冲动，导致我的布局落空。"

"好了啦，我下次不会再那么冲动了，不过，真的谢谢你"

"感谢的话就不必多说，不过，现在再不走，恐怕赶不上去往郊区的专线公交了。"橘辰熙吸了吸鼻，用手随意拍了两下衣服，而后提起东西，还没等我的回应，就拉上顾宇凡径直往前走了。

"哦，是哦，喂，等等我们……"

等我跟娇媚意识过来，橘辰熙和顾宇凡早已跟我们拉开了大段的距离，而此刻的我跟娇媚，抓起裙子，往前冲。

一路上我回想着娇媚对我说的话，她说，这一切，都是橘辰熙用心安排的。知道父亲想见我，刻意安排了在我们出发路上；知道我对那位破坏我和睦家庭的阿姨藏有怨恨，故意制造了一些逗趣的"小事故"让她出糗，安抚我心中的怒意。

橘辰熙，谢谢你。

谢谢你经过周全的考虑而所做的这一切。

03

自打周末的郊游回来以后，我跟橘辰熙的关系，又更亲密了一些；也因为这样，我渐渐忘却了韩笙雅这号人的存在，也忘了之前因为介意他们在一起的片面事实而徒增的悲伤。

"放学了门口见，我爸妈带好吃的回来了。"

"噢，好的。"

橘辰熙的简讯就在放学铃声即将打响的那一刻传来了，我看着屏幕上的简讯，捂住嘴巴开心地笑了起来，因为，我终于又可以和橘辰熙一起回家啦。

一放学，学生们便蜂拥而至的往校门外的方向狂奔，而橘辰熙，早就像个"护花使者"那样，早早地在门口等我了。

"小熙……"正当我快要冲上前去跟橘辰熙打招呼时，韩笙雅却早我一秒地叫住了他。

"嗯。"橘辰熙冷冷地回应了一声。

"你已经好久没送我回了耶……"韩笙雅开启了撒娇模式，这已经不足为奇了。面对眼前的场面，我再也没有之前的那种心痛了，因为我相

信橘辰熙，跟韩笙雅在一起，他一定有自己的原因。

"所以呢？"

"不如今天你送我回家好不好啊？我知道学校外面新开了一家寿司店，不如我们先去吃晚餐，再一起回……"

"不了。"还没等她说完，橘辰熙已经抢先一步打发了她。

"你说，什么？"韩笙雅似乎不敢相信自己的耳朵，或许她觉得橘辰熙这是唯此一次，橘辰熙没有任何犹豫地拒绝她的请求。

"同样的话你知道我不会再说第二次。"熟悉的话语，这时候听起来，显然更增添了他的几分帅气。

只见韩笙雅嘟起了嘴唇，一脸的愁容，估计再等个半分钟，眼泪就要决堤了。

"喂，言知乐，你还愣着干吗？"

就在我盯着此刻失落的韩笙雅时，橘辰熙一把叫住了我。

"噢。"我吐了吐舌头，踏着小碎步慢慢靠近他。

"言知乐……"韩笙雅顺着橘辰熙的方向转过身来，在看到我的那一刹那，瞪大了双眼，她怎么也没想到，橘辰熙会等我一起回家。

"呵呵，嗨……笙雅。"我尴尬地跟她打着招呼，只见她眼睛里充满着浓浓的怒意，分分钟能把我吃掉的样子。

虽然我并不知道他跟韩笙雅之间发生了什么事，但我确信的是，韩笙雅对我是充满敌意的，自打上次橘辰熙拉着我离开了苏小北对我的告白现场之后，那以后，韩笙雅对我的态度便是360度大逆转，从前还会客气，现在直接就把敌对写在了脸上。

"果然是你啊，言知乐。"她冷笑了一声，随后又望向橘辰熙补充道，"既然你们同路，那就，下次吧，路上小心哦，小熙。"

她转身离开的时候，瞥了我一眼，眼里带着各种鄙夷的色彩，看得我腿直抖。回家的路上，我憋着一堆问题想要问橘辰熙，他似乎看穿了我的心思，停下来慢悠悠地说：

"跟韩笙雅之间应该存在一些误会，不过应该很快就知道了。"

像是吃了一颗定心丸，瞬间觉得心里舒服了许多，此刻的我正在心里偷笑。

"小动作不要太多噢。"糟糕，居然被橘辰熙察觉到我在偷笑。

"我才没有偷笑呢！"

我不打自招。

"喔，我并没有说你在偷笑啊……"

"哇靠，你个坏人，居然使用激将法。"我这才恍然大悟，原来是橘辰熙对我"使诈"。

"看来你的智商已经提高了不少。"橘辰熙继续损我。

"呵呵，真是托了你的福了。"与橘辰熙交手无数次，总算也学会到他的一些精华了。

只要是跟橘辰熙一起回家，就觉得这条路似乎比平时短了半截，真想路程再长一些，那样就有更多的时间与橘辰熙相处了。

04

每周一次的游泳课，在我和娇媚的百般期待中降临了。

娇媚很喜欢游泳课，原因是可以穿上卡哇伊的泳装，能在顾宇凡面前好好地秀秀她的好身材；相比起她的泳装，我的就更传统一些了。这身泳装还是刘阿姨特意为我准备的，一身的粉色，就连泳帽都是粉色的，刘阿姨说：我们小乐穿上粉色系的衣服，一定很招人喜欢。

事实上，还真是印证了这句话。当我换下这身粉色系的泳装站到泳池中时，男生们的目光都齐刷刷地望了过来。

"哇，小乐，你今天好粉嫩呀，楚楚动人的萌妹子一枚哟。"娇媚乐呵呵地和我开涮。

"别贫嘴了，你都快和那些男生一样了。"

"那是证明我们小乐很有魅力呀。"

"你比我更有魅力，瞧你的比基尼，瞧瞧。"

"嘿嘿。"

我跟娇媚在泳池边互相嬉戏玩水，充满了欢乐。自从被橘辰熙拉出告白现场的那次聊天之后，我的心情终于从阴天转到了晴天，也是因为那次之后，对任何事才有好的心情，正如现在我们在游泳场馆里，乐此不疲地打闹，无忧无虑，那些之前关于橘辰熙带给的忧伤，早已是过眼云烟啦。

"话说，你跟橘辰熙有戏吗？"娇媚贼兮兮地问我。

"我哪儿知道，他只是说给他一些时间处理好一些事情。"我把橘辰熙的原话原封不动地复述了一遍。

"那就是有戏咯。"

"鬼知道。"

"那你是鬼吗？哈哈。"

"啧啧啧啧，嘴皮子跟橘辰熙一模一样，难道你们是一个模子刻出来的吗？"

"有可能哦，哈哈。"

我跟娇媚就这样你一言我一语地在泳池扑腾，打闹，戏水，比赛游泳，真是久违的快乐和放松呀。只可惜今天我跟娇媚都打扮得那么美，A班的游泳课居然跟我们错开了，这让我跟娇媚不免感到一丝丝的失落。

在水里泡了半天，皮肤渐渐起了皱，眼下为了解决内需，起身正准备前往洗手间的时候，对面的男生瞬间一起起哄了，害得我羞红着脸，小跑着冲进洗手间里。

解决了内需，整个人就变得轻松了许多。我站在镜子前端详着穿上粉色系泳衣的自己，光滑洁白的肌肤，粉扑扑的小脸蛋，尺寸很合适的泳衣，从来没发现原来自己也可以如此可爱动人。我在镜子前自恋着，双手贴紧脸蛋做娇羞状。

突然冲水的声音让我注意到洗手间还有别人，于是立马停止了自恋妆，假装打开水闭上眼睛，用水滴扑打着脸。

"是你啊，言知乐。"一阵熟悉的声音从门后响起，是韩笙雅！她拍了拍衣袖，慢吞吞地走过来打开水龙头，挤了一丁点洗手泡沫，均匀地涂抹在手上，然后完成冲洗。距离上一次见到韩笙雅，应该是校门口橘辰熙

等我放学的那次，而当时的韩笙雅，对我完全充满了敌意，并没有给我好脸色，以至于此刻站在两面镜子前的我们，尤其我，变得极其尴尬。

"嗨。"我尴尬地回应她。

"看你这身材，也不怎么样嘛，怎么好意思穿这么丑的泳衣，难道你觉得穿上粉色的衣服就很楚楚动人了吗，呵呵，笑话。"韩笙雅从上到下仔细地打量着我，并时不时说一些损我的话。

"你误会了，只是游泳课，必须要穿泳衣。"我无奈地解释，不想再听一些不堪入耳的话。

"就算你穿得再粉色再小清新，橘辰熙都不会喜欢你的，哼！"韩笙雅终于还是提到了橘辰熙的名字，看来她跟我之间浓浓的火药味，导火线还是橘辰熙啊。

"这跟橘辰熙没关系吧，我说了我们在上游泳课。"并不想橘辰熙卷进话题中来，所以我尽力的解释道。

"哼，警告你，最好离小熙远一点。"韩笙雅插着腰，满脸火气地看着我说，像是给我下了"最后通牒"那般的"要挟"。

"我不想跟你解释太多，因为我跟橘辰熙之间，什么都没有，我只是暂时寄宿在他家，仅此而已。"生怕再讨论下去，依韩笙雅的个性，很有可能做出一些特别极端的事情，见此不妙，我还是先走为宜。

"啊……"正当我迈开脚步要离开洗手间时，却被韩笙雅狠狠地绊了一脚，而她并没有跟我道歉，相反，她摆出一副理直气壮的样子，威胁我说："以后，我不想再看到你出现在橘辰熙身边！"

　　说罢，她径直地离开了，留下被绊倒在地上一脸委屈的我。

　　我并没有因为觉得委屈而掉眼泪，相反觉得韩笙雅很可怜，竟然用这样的方式留住橘辰熙，这让我觉得极其幼稚。

　　"刚刚在洗手间的时候撞见韩笙雅了。"回到泳池边，我很淡定地跟娇媚说起了刚刚的事。

　　"这也太气人了吧，你居然能忍？！"娇媚听闻我被韩笙雅故意绊倒在地，替我打抱不平。

　　"不能忍，不过想想还是算了吧，而且，橘辰熙也告诉我遇事要淡定一些，我可不想跟韩笙雅那种不淡定的人计较呢。"

　　"哟哟哟，这还是我们的小乐吗，看来跟橘辰熙住在一起，情商提高不少呀。"

　　"那必须的，嘿嘿。"

　　橘辰熙让我改变很多，这的确是不争的事实；至少，是朝着积极的方向去进步，去有所改变。

　　05

　　因为在游泳课上没有遇见橘辰熙，心里多多少少有些失落，但就在我换好衣服，把湿漉漉的泳衣装进包里之后，手机的简讯声便响了起来。

　　"在游泳教室等我。"发件人显示为橘辰熙。语气霸道有力，嗯，没错，是他说话的风格。我的嘴角顿时扬起了一个好看的弧度，拿起手机，像是捡到宝贝似的，在原地蹦跳。

　　"瞧你那一脸兴奋的样子，肯定是橘辰熙发来的信息对不对，快让我看看。"娇媚清理完毕之后走过来，欲要抢走我的手机偷窥这条短信。

　　"哎呀讨厌啦。"心情莫名大好。

　　"啧啧啧，居然还不让我看；前一秒我还不确定是不是橘辰熙，这下，十分肯定了！"娇媚就此罢手，反正她的猜想都是正确的。

　　"好了啦，是他啦。"我红着脸继续回味着这条短信，心里已是满满的期待。

　　"怎么样，他是要来看你粉色系的泳衣吗？哈哈哈。"娇媚简直把我逗乐了。

　　"喂，他才不是这样的人好不好。"

　　"逗你开心的啦，不过他找你干吗？"

　　"他说要我在这等他，他要过来找我。"在重复短信内容的时候，我自己都不好意思了。

　　"哇靠，真的假的啊，你们俩有戏啊，我看行。"既然娇媚这个恋爱达人都觉得没问题，那铁定就是没问题了，当然我也希望我能跟橘辰熙之间有些故事发生。

　　"噢，对了，那你就自己先回去吧，我还要留在这等他呢。"我俨然一副小媳妇要等待夫君归家的样子。

　　"瞧你，都还没开始，就频频见色忘友了。"

　　"哼，五十步笑百步，你有顾宇凡的时候，还不是一样。"我双手叉腰，假装生气地说。

　　娇媚知趣地吐了吐舌头，摇摇我肩膀，开启了撒娇模式：

　　"哎呀好了好了，不见色忘友，我们小乐一点儿都不见色忘友。"

　　"嗯，这还差不多。"在娇媚收拾东西离开游泳教室之后，我百无聊赖地开起了音乐，启动了等待橘辰熙的模式。手机里的音乐是一首经典的老情歌，庾澄庆的《情非得已》，略微沙哑的声音，前奏的旋律中带有吉他弹唱的成分，尤为的悦耳。

　　吉他，真是一枚神奇的乐器。这让我情不自禁地想起那把躺在柜子里的四弦吉他，我的幸运物。仔细回想了最近发生的这些事情，从糟糕到顺畅，从郁结的心情到彻底打开心扉的那种愉悦，四弦吉他一定是跟上帝说了许多好话，才给我不断地带来好运。

　　如果可以，我想再厚着脸皮地向上帝再请求一件事，那就是：有机会遇见小时候的那个小男孩玩伴，四弦吉他的主人。

　　5分钟……

　　10分钟……

　　30分钟……

　　我开始有些焦虑了，按捺不住躁动的情绪，我便在游泳教室里左右走动。此时放学铃声已经打响了，夕阳的余晖变得特别温暖，它们窗户外折射进来，打照在地面上。空气里的浮尘在阳光的缝隙中自由地漂浮着，像极了舞动的精灵。我蹲在地上看这些飘浮在空气中的尘埃，继续消磨着时间，回想从刚搬进橘辰熙家里的第一天到现在，这期间发生了太多的事，亲眼看见了橘辰熙从冷漠孤傲到温暖贴心，这，应该算是一种成长了吧。

"哟，这是谁呀，都放学了还不走。"韩笙雅突然出现在游泳教室门外，一脸得意的样子。不过奇怪的是，她又怎么知道我在游泳教室的呢？

"都放学了，你怎么知道我还在游泳教室里呢？"我反问她，对于韩笙雅这一奇怪的行为，让我多少有些质疑和懊恼。

"噢，忘记跟你说了，是小熙让我来的。"

"橘辰熙吗？"听到他的名字，就像触电一般。

"当然了，马上就要跟小熙去看电影了，其实本来我要按时放学回家的，不过小熙坚持要看，那只好陪他咯。"韩笙雅拨弄着头发，有些骄傲地说。她故意撇着眼睛看了我一眼，并露出了得意的微笑。

嘭……心里的期待像一个巨型的热气球，瞬间爆炸。

橘辰熙，真的和她去看电影了吗？可是半小时以前还发短信告诉我让我在游泳教室里等他的啊？难道他要出尔反尔了？

"不可能！"我坚决不相信橘辰熙会欺骗我。

"要不要我把电影票拿给你看呀？"韩笙雅为了让我觉得她的话有充分的可靠性，还特意从钱夹里拿出电影票摊开在我面前，"喏，自己看吧，《微微一笑很倾城》，两张，佳美影院，9排9号，10号。"

我彻底地愣住了，胸口突然觉得很压抑，呼吸变得急剧困难，眼睛里开始有些是润润的东西在打转，我不自觉的摇头表示不相信，拿出手机，把那条30分钟以前橘辰熙发来的短信翻出来，摆在韩笙雅面前。

"呵呵。"没想到韩笙雅见了短信之后却是一阵冷笑，接着又继续说道，"6点30分的短信，我在6点50分的时候才接到他的邀约，他让我立马跑到游泳教室告诉你，现在7点。你觉得这顺序，应该是谁先谁后呢？"韩笙雅分析得头头是道，她的智商与逻辑在这一刻充分地发挥出来了。

"这一定不是真的……"此时，我的泪水已经决堤。

"不过啊，橘辰熙还是很善良的，你看，还特意让我跑过来告诉你，生怕你一个人在游泳教室一直等一直等，他也会过意不去的啦。"我早已泣不成声，瘫坐在地上，全身失去了重力。

"好了，我的任务完成了，观影的时间马上就到了，我就先走啦，小熙还在校门口等我呢。"韩笙雅扬起嘴，一脸的得意和炫耀。

"啪……"韩笙雅走后，一声重重的锁门声随之响起，可我现在，也再没心情去理会了，瘫坐在地上，任泪水爬满脸颊，直到哭累了，我便趴到了地上，沉沉地睡去。再醒来的时候，已是入夜。透过游泳教室的窗户，看到一轮皎洁的圆月高高的悬挂在夜空中，闪耀的星星也很夺目，是个好夜空，可我的心，却像被针扎一般，千疮百孔。此时已是夜晚8点，距橘辰熙发来的信息足足一个半小时，而空荡漆黑的游泳教室，却只有我孤身一人。

无助与悲伤瞬间袭来，重重地覆盖在我的周身，几乎要喘不过气来。想起韩笙雅说的话，也许这会儿，他们电影看得正欢吧，会在影院里互相依偎着头吗？也会手捧着爆米花和可乐吧。呵呵，我不禁冷笑了一声，或许这一次又要失望了，唉……

因为过于悲伤，我颤抖着双手掏出手机，编辑了一条即将发送给橘辰熙的短信：

"我再也不相信你了。" 编辑好准备发送的时候，电话屏幕突然啪的一声，瞬间全黑！我绝望了，连手机都在捉弄我。

果然印证了一句老话：人倒霉的时候，连喝凉水都塞牙呢。而我此刻的窘状，应该就是这句话的充分证明了吧。

我抹干眼泪，重整好心情，试图让自己变得坚强一点，至少，先离开游泳教室。

"喂喂……"空荡的教室里，回荡着我的声音。除了从窗户外洒进来的月光之外，周遭的一切，都是黑暗的；教室没人，手机没电，陷入一片黑暗的世界，这对于有夜盲症的我来说，无疑是挑战我恐惧的底线。

就在这样糟糕的状态下，我从假装淡定，到无聊的自说自话，再到撕裂的哭泣，不断地循环着这三个动作，最终，被疲倦蔓延全身。

沉沉地睡了过去……

我还做了一个梦，梦到狼狈的我"逃出"游泳教室直奔电影院，却看到韩笙雅靠在橘辰熙的肩头，洋溢着一脸的幸福……

我一定不愿意相信这是真的。

08

第八章

没想到你就是那个人

Dian qi
Jiao jian
Qinwen xingfu

——你现在干吗对我这么好？

——管那么宽干吗？你家住海边吗？

01

游泳教室里的灯光明晃晃的，十分刺眼，我迷迷糊糊睁开眼睛，只看到了一个模糊的身影。

我伸出手揉了揉眼睛，好不容易才适应了这里刺眼的灯光，等到彻底清醒的时候，眼前就出现了一张熟悉的面孔。

橘辰熙困惑又有点担心地看着我。

"橘辰熙？"我有点不确信地问道，害怕这只是自己的幻觉。

此时我的心里满是埋怨和疑惑，我在这里等了他那么久，他却现在才过来。

但橘辰熙似乎比我还要茫然，他伸出手要拉我起来，问道："我给你打电话一直打不通，你怎么会在这里睡着了？训练不是早都结束了？"

"不是你叫我等你吗？"我把手伸给他，委屈地说道。

"我吗？我没叫你等我呀。"

橘辰熙将我拉了起来，疑惑地说。

被关进游泳教室已经够难过了，我好不容易才缓过来，这会儿听到橘辰熙这么说，整个人都快要崩溃了。我忍着不哭出来，可是眼泪已经开始不受控制地在眼眶里打转。

"你这个骗子，明明就是你叫我过来的，短信我还保存着。"我怒吼道，然后伸手去取手机，想要给他看那条短信，却突然想起来手机已经没电了。

"手机没电了，等会儿充好电了才能看到。"我沮丧地说。

"这肯定是个误会。"橘辰熙把自己的手机打开到了信息的页面，然后递了过来。我翻看了所有的消息记录，唯独没有找到发给我的那一条。

"你发完就删了吗？"我气恼地说。

橘辰熙静静地想了一会，又叹了一声气，这才说道："不是我发的"

他犹豫了一下才说："应该是韩笙雅发的，刚才我们出去的时候，她用了一下我的手机，我没想到她是为了骗你。"

眼泪在这个时候突然像断线的珠子一样从我的眼睛里流了下来，止也止不住。

一切不过是韩笙雅的骗局，我却傻乎乎地一直在这里等。

橘辰熙伸出手轻轻擦掉了我脸上的眼泪，说道："别难过了，我保证

以后不会再出现这样的事情了。"

"你根本就保证不了。"我带着哭腔说。

"我可以保证，我和韩笙雅已经说清楚了，不会再纠缠在一起的，而且以后我会注意保管好我的手机。"

他顿了顿又说："你怎么这么傻，都不会打个电话确认一下吗？"

因为是你啊，心里那么欢欣雀跃，根本就没有时间来怀疑这件事情的真实性。

"我最后试着想要联系你来着，可是我的手机没电了。"

"下次记着出门的时候要给手机把电充饱，怎么总是这么粗心呢，今天要不是我找到这里，你就要等到下次训练的时候才能出去了。"

"我知道了。"

"好了，不说这些了，我们现在回家吧。"

我们两人走到路上的时候，我才意识到刚才似乎错过了一个很重要的信息。

"你和韩笙雅不在一起了？"我的脸上是藏不住的惊喜。

"是啊。"

"为什么呢？你们之前不是一直挺好的。"

橘辰熙沉默了一会儿才回答道："这是一个误会，我是误以为她就是我要找的人。"

"你要找的人？究竟你要找的是谁？"

橘辰熙看了我一眼，欲言又止，最后还是没再说话。于是我也就不再说话了，我们就这么沉默着一路走回了家。

第二天，一切都恢复了正常。

这天的天气就像我的心情一样，晴空万里，透彻得像是一片清澈的水池，一片云也没有。

昨天橘辰熙救了我，我却还误会了他，为了表达我的感激以及歉意，我决定亲自下厨，为他做一顿大餐。

我站在楼梯上，环视了一下楼下，发现冰箱上面已经积了一层灰，而桌子上摆着的装饰品都是刘阿姨喜欢的，有点太过成熟，这样的氛围并不是很适合表达感激之情，得要重新装扮一下这里才行。

作为行动派的我，在有了设想以后立马就开始实施了。

我先去厨房里穿上了围裙，又拿了许多的清洁用品，等到所有的东西都准备好了以后，就开始打扫了。橘辰熙下楼的时候，我正踩在凳子上擦冰箱上面的灰。

他有点不可思议地看着我："你今天怎么这么勤快，平常都没怎么见过你打扫。"

"我今天打算大展厨艺，所以饭厅的氛围也得跟上我的水平才行。"

"你……做饭？"

橘辰熙惊讶地说道。

"你可别小瞧人，我怎么就不能做饭了。"

橘辰熙耸肩道："我可没小瞧你，只是有点惊讶，你竟然会做饭。"

他顿了顿又说道："不过你做饭归做饭，干吗要打扫？"

我气呼呼地回答他："都说了饭厅的氛围要配合我的大餐。"

"这两者感觉也没什么关系啊，真是奇怪的逻辑，也就只有你会这么想吧。"

我朝他吐了吐舌头："你懂什么，这是烹饪的艺术。"

"做个饭还这么多讲究，我看你能把饭做出来就不错了。"

"我肯定能做出来的，而且会让你大吃一惊。"

他竟然认真地点了点头，说道："嗯，我也觉得我会大吃一惊呢。"

我听出了他话里面的讽刺，没好气地白了他一眼，他则嫌弃地看了我一眼就出门了。

忙活了大半个小时以后，我终于把饭厅全部都收拾好了。原本灰沉沉的冰箱这会儿明亮的可以用来当镜子，我还取了一张白色的桌布铺在了桌子上，又把刘阿姨的那些装饰品全部都收了起来，换成了阳台上放着的花瓶，虽然简单，但是很好看。

我坐在沙发上，满意地看着自己的杰作，正准备休息一下的时候，门铃突然响了起来。

我想着门外的人应该是来找刘阿姨的，结果从猫眼看，却看到了一双亮晶晶的大眼睛，只是这双眼睛并不属于人类，而是一只小狗的。

"快开门啊，愣什么呢。"

外面的人突然喊道，我这才知道回来的人是橘辰熙，连忙打开了门，却被面前的场景吓了一大跳，橘辰熙怀里抱着一只小狗，装狗的手提袋被他放在地上，拉链全部都拉开了，手提袋旁边，有两袋很大的狗粮，其中的一袋已经拆封了，上面夹着一个粉红色的夹子。

02

那是一个吉娃娃，很小巧，但是似乎并不是纯种的，它的身上有很多小的花纹，乍一看，很像一个迷你的斑点狗。

"真可爱。"我忍不住赞叹道。他把小狗放在地上以后，那只狗就欢快地在房子里面转圈圈。

"是很可爱。"橘辰熙盯着小狗左右端详。

我把手提袋从门外拿了进来，问他："你怎么不等进来了再把小狗放出来？"

手提袋哐啷哐啷的响，我看了一眼，这才发现里面有一个棒球，非常旧的棒球，上面缝着的线已经快要开了。

还有几乎已经看不出来颜色的签名，我把球放在了桌子上。橘辰熙把那两袋狗粮搬了进来，这才回答我："他一直在袋子里扑腾，应该是待在里面不习惯。"

"这只狗是哪来的？你朋友的吗？"我心里疑惑道，可是并没有听说橘辰熙有什么养狗的朋友。

"不是，是刚才在路上捡到的，上面还有张纸条，说是这个狗的主人和自己的男朋友分手了，狗狗是前男友送给她的，所以她才把狗狗留在了楼下，希望有人能带走。"

可我看着狗狗欢快的样子，一点也不像被抛弃了，它大概是还没意识

到自己被抛弃的这个事实，以为自己不过是到主人的朋友家做客吧。

"原来是这样，它有名字吗？"我问道。

"叫作鹿鹿，要是没有名字的话，就可以自己起了，不过这个名字也挺好的。"

"不过是个代号罢了。"

橘辰熙点点了头表示赞同。

"看主人还对它很好的样子，应该是还爱着她的男朋友吧。"我突然有感而发。

"说不定呢，也许有天她会回来接走它也说不定，不过我希望她永远不要来。"

"为什么？"

"因为有些东西可以回来，有些是不能的。"

我明白他的意思，却不知道他为什么突然这么说，他似乎并没指望我能听懂，没等我回答，就自顾自地蹲了下来，对着远处玩的正开心的小狗叫道："鹿鹿，快过来。"

鹿鹿听到叫声，就朝着橘辰熙飞奔了过来，仿佛它们已经认识了很久一样，我站在一边看着这场景，甚至都忘记了还要做饭。

橘辰熙看我又出神了，笑说："不是要做饭吗？怎么还不去？大餐一般花费的时间都比较多，我还等着你让我大吃一惊呢。"

我这才看了一眼表，发现已经快要到饭点了，急忙说道："你好好照顾鹿鹿，我去做饭了。"

"好的。"

橘辰熙偷偷笑了一下，对我说道："加油。"

我打开冰箱，看了看里面都有什么菜，然后才打开手机浏览器搜索相关的食谱。

橘辰熙看着我这样，一边逗狗一边怀疑地问："你之前做过饭吗？"

我当然没做过饭，但是装作一副自信满满的样子："肯定做过呀，不然我怎么敢给你做饭。"

他狐疑地看着我，问道："真的吗？"

"真的真的。"

我连忙找了个借口转移橘辰熙的注意力。

"你快去照顾小狗吧，别让它把家里踩脏了。"

其实这个借口有点苍白，因为鹿鹿看样子似乎是洗完澡就被放进了袋子里，因此爪子上什么东西都没粘。

菜谱搜索出来以后，我在里面挑了几个比较容易的，又把相应的菜拿到了厨房。

刘阿姨是很擅长做饭的，每次她做饭的时候，我就会在一旁观看，尤其是她切菜的动作，简直让人想要惊叹。她切菜的动作仿佛行云流水一般，顺畅而又优美，有时候甚至会让我觉得自己是在看一场艺术表演。

在这样的观看中，我常常会萌生一种错觉，好像自己也能这么厉害一样，但开始做饭以后，才发现在刘阿姨手下非常容易的事，到我这里会变得比登天还难。

芹菜们好像会跳舞，我切菜的同时，它们就在空气中乱舞，飞得整个厨房都是。

等到切好以后，一半都已经不知去向，我勉勉强强把菜装进盘子里，准备开始炒菜。

我转动了好半天的开关，天然气炉却都没有反应，最后才发现原来是天然气的开关没有打开。

打开总开关以后，我再次转动开关，火苗一下子就窜了出来。以前我从来没有经历过这样的场面，吓得后退了一步。

因为忘记倒油，锅的中间突然变得紫红，我连忙取出油往里面倒了一点，油在锅里面不停地响。

我隔着一大步，把菜扔了进去，一时间油花四溅，衣服上，身上都是油，很烫，我还是努力坚持着。

等到厨房里变得乌烟瘴气以后，我才发现自己忘记打开抽油烟机，这才急急忙忙按了开关，结果炒完菜以后，厨房里的油烟依旧没抽干净。

我整个人被烟雾缭绕着，呛得快要哭出来。

而做出来的芹菜炒豆腐，又黑又焦，除了我自己恐怕没人能认出来这盘菜了。

在我的菜单中，还有一个甜点，十分简单的牛奶饼。只需要用牛奶和面，然后再加上调料就可以。

原本应该继续做热菜的，但我看了看厨房的场景，还是决定下一道菜就是它了。

相比于其他的任务，这个任务很简单，很快就完成了，虽然完成的并不很圆满。

我没能找到刘阿姨装着面粉的小罐子，于是就直接从面粉袋子里挖了一大碗，端上来的时候，不少都撒在了地上和桌子上。

加了鸡蛋牛奶和调料以后，就这样勉勉强强和好了面糊。

原料准备好以后，就要开始烙了。刘阿姨平常并不怎么用电饼铛，因此就把电饼铛放了上面的柜子里，我的身高不够，只能勉强踮起脚跟去够，正当我的手要够到电饼铛的时候，电饼铛"哐当"一声从柜子里掉了下来。

幸好是从旁边掉下去的，电饼铛砸在了地上，不仅砸烂了地面，电饼铛也碎成了两半。

巨大的声音传遍了整个房子。

橘辰熙连忙跑了过来，鹿鹿躲在厨房的门边，好奇地看着我们。

"你没事吧？"橘辰熙急切地问道。

"我……没事。"

"没事就好。"

他鄙视地看了一眼我的成品："芹菜？"

我惊讶道："你竟然还能看得出来。"

"是啊，看这满地的芹菜就知道了。"

"也算你还有一点自知之明，知道自己做的菜完全看不出来是什么鬼东西。"

我尴尬地笑，这下可算是丢人丢大发了，刚才还信誓旦旦地吹牛，这会儿就露馅了。

我连忙转移话题道："电饼铛还能修吗？"

橘辰熙走过去看了一下："看样子是修不好了。"

他把电饼铛搬开，又戏谑道："不过这地板可以修。"

"起来吧，明明不会做饭还要逞强。"

"我会做饭的，只是对你家厨房不太熟悉而已，你快出去吧，我很快就做好了。"我把他往出推，逞强道。

"算了吧，我担心你会把我家厨房炸了。"

"还不是为你做的。"我委屈地说。

"我知道。"橘辰熙突然一反常态，不再和我斗嘴。

"没事，我来做也一样的，你就在旁边给我打下手吧。"

03

"也好，只是……我的牛奶饼。"我哭丧着脸说。

"放进烤箱里面烤吧，效果应该是一样的。"

他把桌子上的面糊倒进了烤箱里，我就在一旁傻傻地看着。

"还愣着干什么，快去扫地呀，一会被芹菜滑倒就糟糕了。"

他刚说完，我就踩到了一根芹菜，差点被滑倒，幸好橘辰熙及时扶住了我。

我气恼地望着他："都怪你，乌鸦嘴。"

　　"怪我怪我。"橘辰熙说完就抱着电饼铛走了出去，过一会儿，就见他拿了扫把进来扫地。

　　他把我拿的好几样菜都放了回去，又拿了几个不一样的，我想着，他应该是要准备自己拿手的菜了吧。

　　虽然不情愿，但是最后大厨这个角色还是落到了橘辰熙的身上，我就在一边乖乖打下手，一会剥下葱，一会递一下盘子。

　　他正在拌芹菜的时候，电话突然响了起来，那是橘辰熙的手机铃声，我记得很清楚，于是自告奋勇道："我来拌吧，你去接电话。"

　　他一本正经的开玩笑道："我怕你给菜里下毒，还是你去帮我把手机拿下来吧。"

　　说来也很奇怪，虽然我住在刘阿姨家已经很久了，但是我还从来没有进过橘辰熙的房间，大概是因为我们两个总是剑拔弩张的，根本不会做出邀请对方参观自己房间这类的事情。

　　走进去以后我才发现，橘辰熙的房间跟我想象的很不一样，里面的东西并不多，都摆得整整齐齐的，没有什么明星的海报，也没有游戏机一类的东西。

　　令我感到惊奇的是，在他房间的角落里，放着一把很旧的吉他，而且很小，显然是给小孩子用的。我看着那把吉他，有种莫名的熟悉感。

　　这个时候，我的脑海中不知不觉涌现出了小时候的画面，小男孩抱着吉他，用心地弹着曲子给我听，那个场景仿佛梦境一般，但只有我知道，那一刻是真实存在的。

直到电话铃声结束，我仍然没回过神来。

橘辰熙在楼下等得十分不耐烦，于是大声呼喊道："你怎么还不把手机拿下来？"

"我这就来。"

我立马拿了手机向下走，顺手按了一下解锁键。

屏幕上就显示出了韩笙雅的名字，我的心情突然变得失落起来，虽然他们分开了，但是并没有完全失去联系。

我努力压抑住自己的失落，把手机递给了他。

"你帮我打开吧。"

我于是就又按了一下开锁键，看到韩笙雅的名字以后，他并没有什么特别的反应，只是淡淡地说了一句："把静音打开吧，无关紧要的电话，不用管了，快来帮忙做饭吧，等会儿我们就可以和鹿鹿一起开饭了。"

我点了点头，继续帮忙。

他做饭的时候，和平常很不一样，平常的橘辰熙有些尖锐，像是一只张牙舞爪的刺猬，但在做饭的时候，他会放下自己的盔甲，全身心地投入进去。

他那么投入，以至于完全意识不到我的注视，因此我可以毫无顾忌地望着他，即使透漏出自己的感情也没关系。

"取一下盐。"

我出神间，差一点错过了橘辰熙的指令。

"取一下盐。"他又大声重复了一遍，我这才回过神来，把调料盒取

190

了过来。

　　在经过橘辰熙长达一个小时的配合以后，我们完成了一份大餐。

　　平常在家都是刘阿姨做饭的，因此橘辰熙并没有施展拳脚的机会，我也是头一次知道他竟然会做饭。

　　出乎意料的是，他不仅会做饭，而且是很会做饭，原本平凡无奇的蔬菜，到了他的手下，竟然都有了别样的滋味。

　　我满足地吃着，夸奖他道："橘辰熙，没看出来你厨艺竟然这么好，不过你为什么从来都不说。"

　　"这有什么好说的，不像某人，不会做饭还说自己很会做饭呢。"

　　我故意装傻："某人是谁？我认识吗？"

　　橘辰熙居然配合我："这个人你并不认识，她是世界上最傻的人。"

　　"你才傻。"我不满地反驳道。

　　他耸了耸肩："你自己承认的，跟我可没什么关系。"

　　这个时候我突然想到橘辰熙房间里的吉他，我甚至有了一个大胆的设想，说不定橘辰熙就是当年的那个小男孩。

　　到最后关头我还是否决了自己的想法，于是装作漫不经心地问道："你会弹吉他吗？我刚看到你房间里有一个吉他。"

　　"小的时候练过，之后就没有再弹过了，现在只会很简单的曲子，怎么突然问这个。"似乎是没意识到我会问这个问题，橘辰熙愣了一下，才回答道。

　　"我小的时候有段时间情绪很不好，在公园里遇到了一个小男孩，他

每天都会弹吉他给我听，后来……他莫名其妙就从我的生活里消失了，你的那把吉他，跟他小时候用得很像，我刚刚走进去，还以为那把吉他就是他的。"

"吉他新的看起来是一样的，其实旧的看起来也并没有什么不同，只是承载的记忆不同罢了。"

我有点尴尬地笑，试图掩饰自己的难过："我又开始乱说了，其实我也就是随意问一下。"

说完这些话以后，橘辰熙并没有回答我，而是拉开凳子站了起来，并朝着我的方向走了过来。

"你要喝水吗？我去帮你倒。"

橘辰熙的表情却十分严肃，说道："坐在那别动。"

我的身体就那么不听指挥的一动不动了，橘辰熙走过来，掀起了我的刘海，看着我的额头好一会，又把刘海放了下来。

他原本充满希望的眼睛突然变得暗淡下来，充满了失望。

"出什么事了吗？"

"没事，只是突然想知道你没有刘海是什么样子。"

我当然知道原因不是这个，不过我并没有拆穿他。

"我没刘海的样子很丑的，虽说有刘海的样子也不怎么好看。"

"别这么说，其实你还是挺耐看的。"

难得橘辰熙不损我，我也就没有继续抬杠了，默默地说了声："谢谢你了。"

04

这个时候，我注意到了橘辰熙的钱包放在客厅的桌子上，平常他是特别宝贝那个钱包的，看也不让别人看，为了缓解一下尴尬的气氛，我故作八卦地问道："你的钱包里是不是有什么不可告人的秘密，比如放着初恋女友的照片，我觉得你很宝贝你的钱包。"

他专心致志地吃饭，并不怎么搭理我，我只好自己一个人一直说。

"我知道了，难道是你小时候小伙伴的照片？"

"别乱猜了，快吃饭吧。"

他终于回答了我。

橘辰熙莫名地露出了甜蜜的笑，于是我就知道，钱包里放着的是很美好的回忆。

"我就知道是初恋。"

"快吃饭。"橘辰熙装作狠狠地说道。

吃完饭以后，我就自告奋勇要洗碗。

橘辰熙对此依然表示怀疑："我很担心你会把我们家所有的碗碟都洗碎了。"

"怎么会呢，这么高难度的事情，我可做不到。"

"对别人来说或许是高难度，但对你来说，不过是小菜一碟，你没看今天厨房都变成什么样子吧，反正我是不放心你一个人独自待在我家的厨房里。"

我不满意地努了努嘴："那你去洗吧，反正我也不喜欢洗碗，只是看你做饭那么辛苦想让你休息一下而已。"

"想得美，就和刚才做饭一样，你得给我打下手。"

门铃声响起来的时候，橘辰熙正好把一个碗递了过来，我一时没有抓住，碗就那么掉到了地上。

"慌什么，你又没做什么亏心事。"

原本吃完饭在客厅心满意足的休息的鹿鹿，听到碗碎的声音以后，竟然叫了起来，但刚才电饼铛摔下来那么大的声音，它都不为所动，这一切都像是一个不祥的征兆，我的心里有点不安。

"你去开门吧，我来收拾这里，幸好你戴着手套，没有受伤。"

我把手套脱下扔进了那个空着的水池里。

等我从厨房走出去的时候，鹿鹿突然不叫了，我把它抱在了怀里，这才去开门。

门外的不速之客似乎也没预料到我的出现，门打开以后，她有点尴尬地跟我说道："我找橘辰熙。"

我故意大声喊道："橘辰熙，是来找你的，把碗放下，我去洗吧。"

"别，你还是留着我洗吧，我看你以后干脆就不要进厨房了。"

我故意把对话说得这么亲昵，就是为了让韩笙雅吃醋，果然，听到我这么说话以后，韩笙雅的脸上露出了极轻微的醋意。

橘辰熙从厨房走出来，看到门口的韩笙雅，显然也吃了一惊，他瞬间失去了刚才的自在，有点阴沉地对韩笙雅说道："有什么事情我们出去再说吧。"

韩笙雅靠在门口，双手负着，有点示威地说："我就要在这里说。"

"阿乐还在这里，我们不要影响她。"

韩笙雅突然转过头看向我："你觉得我们影响到你了吗？"

当然影响到了，我在心里念叨。

但实际上我只是尴尬地笑了笑，然后说道："没事你们就在这里谈吧，我去厨房洗碗。"

当然在厨房我也不会安分下来，毕竟韩笙雅是我最大的情敌。

我仔细想了想，找到了一个方法用来掩饰自己偷看和偷听的事实。

我打开水龙头，但是把声音放得很小，然后我就抱着鹿鹿伏在门边，偷偷观察他们两个人。

橘辰熙显然并不是很想和韩笙雅说话，韩笙雅自顾自地说道："我发给你的短信你没收到吗？"

橘辰熙面无表情："应该收到了，但是我忙着做饭，还没来得及看。"韩笙雅显然对这个答案不是很满意："你为什么突然要跟我分手，我们之前不是很好的吗？是有其他人出现了吗？"

"那只是你以为的很好，我那个时候，以为你就是我要找的那个人，并没有其他人。"

"我有哪里不好吗？还是哪里你不喜欢，我都可以改。"韩笙雅的话里已经带了哭腔，她一直以来都是高高在上的，现在却变得这么卑微。我虽然喜欢橘辰熙，却也为韩笙雅感到不值，一个人纠缠着一个不爱自己的

人，是这世界上最可怕的事情。

不是人人都能像张爱玲那样，低到尘埃里，还能开出一朵花开来。

"不是的，你很好，只是……"

"我们真的不合适。"橘辰熙很坚决地拒绝了韩笙雅。

"可我们都还没有好好相处呢。"

"这些天就已经足够了。"

韩笙雅突然变得歇斯底里起来，大喊大哭道："你这个骗子，你欺骗了我的感情，为什么你不喜欢我一开始却要跟我在一起。"

"对不起，我那个时候，还以为自己是喜欢你的。"

"那你为什么又突然不喜欢了？是我做了什么事让你觉得讨厌吗？"

"没有，你真的……"橘辰熙的"很好"还没说出来，韩笙雅突然一巴掌打了过来，冷冷地说道："这是你欠我的。"

橘辰熙站在那里，一言不发。韩笙雅就这样愤怒地走开了，走的时候，突然刮起了一阵风，把她的头发吹了起来，刘海自然也吹了起来。

我隐约间看到她额头上的那一颗痣，和我之前那颗痣的位置一模一样。韩笙雅有点烦躁的把刘海整理了一下，然后"砰"的一声摔了门。

我这才把水声开大，开始装模作样地洗碗。

不知道什么时候，橘辰熙突然出现在了我的身后，说道："还是让我来洗吧。"我看得出他心情不好，利落地让开了。

洗碗的时候，他突然说道："你都听到了。"我的脸"刷"的一下红了，本来以为自己掩饰得很好的。

"你怎么知道，我明明开着水龙头。"

"你水龙头的水开得那么小，而且，站在这里我都可以听到鹿鹿爪子挠门的声音。"

我有点惊讶："我都没意识到。"

然后我马上辩解道："我不是故意偷听的，我不过是过去找鹿鹿，我怕它跑出去影响你们说话。"

"那就当你说的都是真的好了。"橘辰熙突然间一本正经道。

"我说的肯定就是真的。"

但转瞬间橘辰熙又恢复了正常，笑说："快把抹布拿过来擦碗吧。"

洗完碗以后，我们决定出去散步，同时让鹿鹿也出去活动活动。

偶然经过一栋楼的时候，鹿鹿突然变得特别兴奋，不停地咬着橘辰熙的裤脚，示意他要过去。

只是我们并不知道那栋楼进入的密码，只能在门下等着，想着过一会儿兴许就会有人下来，然后我们就能进去了。可是我们等了好久，却都没人出来。

鹿鹿在那栋楼下叫了好一会儿，我这才意识到，这恐怕是它以前的主人家吧。

"它以前的家在这里。"

"现在我们才是它的主人，我们在哪里，鹿鹿的家就在哪里。"橘辰熙说道。

从那栋大楼门前经过以后，鹿鹿就变得无精打采了，蔫蔫地跟在我们

后面。

也许从它出生开始，生活的全部重心就放在了主人的身上，现在它突然意识到了自己失去了这唯一的依赖，像是失去了全世界一样。

橘辰熙像是早就预见到了这一幕一样。

经过一处草地的时候，他突然朝空中抛出了一个球，大喊道："鹿鹿，快去捡球呀。"

鹿鹿起初还有些不情愿，但是到了后来，就完完全全投入到这个游戏里了。

它在小区里自由自在的穿梭，跟着那颗球去探险。

等到鹿鹿把球捡回来的时候，我这才发现就是袋子里装着的那个棒球，不知道橘辰熙是什么时候拿的。

"我想鹿鹿的主人应该已经搬家了吧，不然也不会把鹿鹿放在这里。"我说道。

"应该是，不过我想，她心里的难过，也许并不比鹿鹿少。"

我突然觉得，今天的橘辰熙，似乎比平常多了一点忧伤，大概是因为受和韩笙雅分手的影响。

回家的时候，鹿鹿全身都沾满了脏东西，但又重新恢复了往日的欢快，我很羡慕它这样的活力。

虽然鹿鹿的身上很脏，可是橘辰熙却一点也不嫌弃，就那样抱着它回了家。

进门以后，我跟他说道："你先去换衣服吧，我去给鹿鹿洗澡。"

"没事的，我去洗吧，反正我衣服都已经脏了。"

"那好。"

我无事可做，就打开了电视，电视里正在播放一个选秀节目。

橘辰熙帮鹿鹿把身上吹干，抱着它出来的时候，电视上恰好在播放一个男歌手抱着吉他唱歌的画面。

我提议道："橘辰熙，我还没听过你唱歌呢，你也来唱一首吧。"

原本只是随便说说，并没有觉得橘辰熙会答应。

但他犹豫了一下，把鹿鹿放在地上，说道："你们等我一下，我上去取吉他。"

鹿鹿用力甩了甩身上并不存在的水，跑到了我的旁边。

橘辰熙下楼以后，我关掉了电视。橘辰熙独自坐在侧面的单身沙发上，就这样抱着那把小小的吉他，唱起了歌。

他唱的是陈奕迅的《陪你度过漫长岁月》。

"走过了人来人往，不喜欢也得欣赏。

我是沉默的存在

不当你的世界　只作你的肩膀……"

清脆的声音如水一般流淌出来，

我坐在沙发上，鹿鹿趴在我的脚边，现世安稳大概也就是这样的感觉了吧。

"很棒呢，如果你去了选秀节目，一定会打败他们的。"

他又恢复了往常的样子："我也是这么觉得，所以就没参加，毕竟要

给别人留点机会。"

过一会儿，实在无聊，我就又把电视机打开了。

选秀节目已经结束了，电视上正在播放一家整容医院的广告，其中介绍了一个祛斑的技术。我突然想起了韩笙雅头上的那颗痣，她那么爱美的人，竟然可以容忍这样的缺陷。

于是随口问了一句："你觉得韩笙雅额头上的那颗痣好看吗？"

橘辰熙几乎是想也没想就回答说："很好看啊，我还挺喜欢那个样子的痣。"

我的心里突然间很不是滋味，犹豫了一下，还是说了出来："其实我以前额头上的那个位置也有一颗痣的，可是那个时候遇到的那个小男孩说那颗痣很丑，我当时觉得很难过，就偷偷跑去点掉了，可是现在突然却又变得流行起来，早知道这样的话，就不点了，留着的话还算是一个独一无二的特点。"

我揭开自己的刘海，凑到了橘辰熙的旁边，指着额头说道："你看，虽然不是很明显，但是还是有浅浅的一道疤。"

橘辰熙盯着我的额头看了好一会儿，脸上的表情突然变得很复杂。

"我上楼去了。"

他丢下这句话以后，连吉他也没拿，就匆匆地跑到了楼上。

"你怎么了？"我疑惑地问道。

不过回答我的只有他焦急的脚步声。

我站在楼下看着他离去的身影，只觉得一头雾水。

09
第九章
努力寻找希望的缺口

Dian qi
Jiao jian
Qinwen xingfu

——放了她，动我可以，任由你们处置。

——呵，橘辰熙，你果然很痴情。

01

最近几天的天空总是阴沉沉的，被黑压压的一片云笼罩着，仿佛一张耷拉着的脸，毫无生气。街上并没有什么行人，比起外出来，这样的天气更适合睡觉。平常喧闹的街道这时候也变得安静下来，以前汽车的鸣笛声此起彼伏响个不停，而现在，我要隔好长一段时间才能听到车子呼啸而过的声音。

没有人外出，蛋糕房自然也没有生意，老板起初还在店里守着，后来看几乎都没人来，索性就回家去了。我一个人守着柜台，闷得要发霉。不过这样一来，我就有很多很多的时间可以用来发呆。

无事可做的时候，我会盯着蛋糕房里的蛋糕看，试图研究出它们好看的裱花是怎么做出来的，除此以外，我还有一件更重要的事情——想橘辰

202

熙。我很喜欢他，可我又不敢告诉他，我没有娇媚那么有勇气，而且，我很怕会被拒绝，那个时候，也许我们连朋友都做不成，那是我最不想见到的状况。

这一天，就在我盯着那个哆啦A梦蛋糕看的时候，手机突然"铃铃铃"地响个不停，我被突如其来的铃声吓了一大跳，下意识地站起身来，手就这样不小心撞到了桌子上的水杯。

"哐当"一声以后，水杯掉在了地上，全部都碎掉了，杯子里的水连带着玻璃碴，溅了我一身。

我安慰自己说，没事的，只是我有点粗心罢了。

我不满地踢了一下脚，还是乖乖地去厨房后面取了东西打扫地面，等到把地面打扫干净以后，这才用纸巾擦了擦裤脚。我充满元气地对自己说，你看，一切都恢复原状了。

但我刚刚说完这句话，我的右眼皮就不安分地跳了起来。我又变得颓丧起来，开始担心，会不会很快就有什么不好的事情发生，以前每次我右眼皮跳起来的时候，都会发生一些很倒霉的事情。

记得有一次早上我的右眼皮跳个不停，中午回来的时候，就听到妈妈说爸爸出了个很小的车祸。

我摇了摇头，努力让自己不去乱想，这才拿起了手机，然后我发现上面提示有一条来自橘辰熙的短信，我点进去之后，信息就显示在了整个屏幕上。

"下班后能在马路对面的巷子拐角等我吗？我想带你去个地方。"

　　我的心怦怦怦地跳了起来，整个人仿佛都有点不受控制，忍不住在心里点了无数次头，虽然我并不知道他要带我去哪里，但是我还是用最快的速度回了一句："好"。

　　我盯着手机看了好久，把主页划来划去，希望橘辰熙会给我回个表情之类的，可是我等了好久，上面都没有任何提示，

　　我忍不住嘲笑自己，你真傻，但是我转念又想，每个恋爱中的女孩子都是这么傻的。

　　就是因为患得患失，所以爱情才显得格外有意义。

　　那个下午仿佛有一个秋季那么长。

　　我一直盯着蛋糕房墙上挂着的钟表，等着时间一点一点过去，我看着时针转啊转的，就是不到12。长这么大，这还是我头一次希望时间过得快一点，以前等放学的时候我都没有这么迫切。

　　好不容易等到了五点，我立马脱下身上的围裙，跑到更衣室里面换上了自己原来的衣服，把因为戴着帽子变得乱七八糟的头发又重新梳了一遍，并且扎了一个很可爱的丸子头。

　　我对着镜子转了个圈，很满意地看着自己的装扮。

　　这个时候，门上的风铃突然响了起来，这是店主为了能第一时间注意到客人的到来特别挂着的，有时候风一吹，风铃就哗啦啦地响，清脆的声音会让人心情一下子好起来。

　　我探出头向外看，看到好几个女生从外面推门走了进来。

　　我深呼吸了一下，然后告诉自己，应付完最后这几个顾客就好了，到

时候就能去见橘辰熙了。

我露出十二万分的笑容，从更衣室里走了出去，对着面前的顾客，笑盈盈地说道："你好，我们已经关门了，请你们明天再来吧。"

当我看清最后走进来的那个人时，我的笑容突然就僵在了脸上，因为那个人不是别人，正是我最最讨厌的情敌——韩笙雅。

只要是韩笙雅，一向都不会是有好事。

我在心里替自己捏了把汗。

02

她还是很美，披肩长发，穿着一件长裙，高挑的身材完全衬托出裙子的风采，就像个公主一样。

只是她脸上露出了一副挑衅的面容，我知道她是故意来羞辱我的。

"外面明明还没关门，你当我们是瞎的呀。"

我忍住心里的怒气，尽量好声好气地说道："我已经换好衣服，正打算去关了，你们请回吧。"

韩笙雅挡住了我的去路，说道："可我就是想现在吃呢，其他店都关门了。"

我败下阵来："那好吧，你想吃什么，我现在给你打包。"

店里剩下来的蛋糕已经不多了，我摊了摊手，对她说："你看吧，就剩这么多了。"

韩笙雅十分矫情地说："我才不吃白天剩下的呢，这些也太不新鲜

了，小乐我们可是同学呢，你去给我做吧。"

"可我还有事，你如果不想吃那些的话，就去别的地方买吧。"

手机铃声突然响了起来，可是更衣室在后面，我现在又没法过去，我心里着急坏了。

韩笙雅和她的朋友们全部都坐到了店前面的座位上。

然后微笑着对我说："那你关吧，我们就一直坐在这里好了。"

"你不出去我怎么关？"我气呼呼地质问道。

"随你了，这跟我又没关系，不过你把我们关在这里面，我可不知道我们会做些什么呢。"她威胁我道。

我知道韩笙雅是个不择手段的人，我如果一直这样跟她对着干的话，她可能真的会做出好多出格的事情，而且会一直耽误我的时间。

于是我忍着怒气对她说："你们想吃些什么，我这就去做。"

"这就对了嘛。"韩笙雅满意地说道。

"你们想吃什么就随便拿，全部算在我账上。"韩笙雅对着她的朋友说道。

那些女生听到以后，全部都露出一副感激的样子，回答说："真的啊，小雅你真是太好了，我们爱死你了。"

我在一旁听得鸡皮疙瘩都要冒出来了，但还是保持着笑容，不过是皮笑肉不笑罢了。我顺势把菜单拿过来递给了韩笙雅。

剩下的几个人看出来韩笙雅不喜欢我，一直没给我好脸色，她们挑了十几分钟以后，还是没有打定主意。

　　可是上面的甜点一共只有十几种，十几分钟甚至可以把所有的原料都看一遍。

　　"你好，请问你们选好了吗？"

　　我礼貌地询问她们，但是并没有人理我，好不容易有一个理我了，说的却是："能别吵了吗？没看到我们正在挑吗？"

　　"能麻烦你们挑快一些吗？"

　　"急什么急，不过一个打工小妹而已，急着去见男朋友呀。"

　　其中一个女生说完这句话以后，其他几个人全部都哄笑起来。

　　然后就开始你一言我一语地开始嘲笑我。

　　"哎，你说她长成这样，会有男朋友吗？"

　　"别这么刻薄，就算是一坨屎，也总有屎壳郎会喜欢的。"

　　这句话彻底触碰到了我的底线，一股怒火从心底冒了出来，我怒吼道："请你们出去，我今天不想招待你们。"

　　其中一个有点痞里痞气地说道："哇，脾气还挺大，我今天要是非要在这吃呢。"

　　我不知道该如何应对，只能狠狠地瞪着她们，但是并没有人在意我，她们开始自顾自地讨论起了化妆品。

　　我的心里夹杂着委屈和愤怒，我决定不伺候这群大小姐了。在她们疑惑的注视下，我走进了更衣室里，取了手机，然后径直走了出去，对着她们喊道："你们走不走，我现在要锁门了，如果你们非要待在这里，并且要搞破坏的话，我明早就会报警。"

我说完这句话以后，才发现店主不知道什么时候已经来了，并且对着她们赔笑脸道："你们可别生气，这小姑娘刚来的，不太懂事。"

说完又故意呵斥我道："小乐，你这是干吗呢，怎么能对客人这么说话，赶快回去，你下次再这样我就扣你奖金。"

我知道老板也已经看出了这几个人并不是什么好人，他是为了保护我才这么说的。

我一直把手机握在手里面，但是都没有来得及看，我甚至都不知道橘辰熙是发了短信还是打过电话，我知道他一定很着急，也许……他已经等得不耐烦，一个人回家了。

虽然回家还能见到他，但是被爽约的感觉一定很糟糕。

正当我准备走的时候，韩笙雅突然说了一句："老板，我今天不想吃你做的蛋糕，我想吃阿乐做的呢。"

老板立刻赔笑道："客人，小乐只是店里兼职的员工，她对做蛋糕，可是一窍不通呢。"

韩笙雅微笑道："没关系的，人生就是要勇于尝试，据我所知，阿乐的厨艺可是很不错呢，做饭和做蛋糕，应该有共通之处吧。"

老板露出了一副非常为难的样子："做饭和做蛋糕，其实还是有很大区别的。"

我站在那里，不知道该不该走，如果我走了，老板一定会被韩笙雅为难，而且说不定她会动用她爸爸的势力，到时候不是我失业就会是蛋糕店倒闭。

"没关系，人生就是要勇于尝试。"

"各位客人，真是不好意思，你们还是请回吧。"

韩笙雅突然说道："我加五百块总行了吧。"

老板依然坚持："不好意思。"

韩笙雅犹豫了一下，又喊道："我出两千块。"

这次我看出了老板的犹豫，平常一周的营业额，恐怕都没有两千块这么多，我一个月的工资，也就只有一千块罢了，而且老板家里一家人，全部都靠他一个人养活，这两千块，对他来说是很大的诱惑。

老板难为地看着我说："小乐，要不……"

我不想让老板为难，装作一副很欢快的样子，说道："老板，这么高的价钱，我们肯定要做这笔生意的，我去做蛋糕吧。"

老板最后还是帮我争取，十分低声下气地对韩笙雅说道："我担心小乐做出来的蛋糕会不合你们的口味，我还是跟在一旁指导她吧。"

韩笙雅想了想，说："好吧，但是你只能看，不能动手。"

老板点了点头："这是当然，请问你们要吃什么口味的？"

其余的几人正想说话，韩笙雅却拦住了她们，对老板说道："就做一种最简单的吧。"

我很惊讶韩笙雅竟然会这么好心。

老板因为不用做蛋糕，就只把帽子戴着，我又回到了试衣间，这次换的却是一身厨师服，是老板娘之前留在这里的。

一切准备就绪以后，我们就走进厨房开始做饭。

厨房跟外面隔着一层厚厚的玻璃，那些人以为我们在里面什么都听不到，几人哄笑道："价码只要够高，这些穷人什么事情做不出来呀。"

韩笙雅竟然呵斥她们道："别乱说话。"

那几个人面面相觑，不知道韩笙雅这是怎么了。

我这才发现，韩笙雅似乎只有在我面前的时候，才会表现得那么嚣张那么刻薄，其他时候，她还是一个很好的姑娘，想到这里，我突然原谅她一些了。

老板也听到了她们的对话，不好意思地看着我说："小乐，真是难为你了。"

我故意装作一副很开心的样子说道："没事的，刚好对我也是种锻炼，以后你们烤蛋糕的时候，我就可以帮忙了。"

老板看着我笑："小乐可真是懂事，等你学会了烤蛋糕，我这就给你加工资。"

我也笑，回答他说："谢谢老板。"

"好了，不闲聊了。"老板突然变得认真起来。

我点了点头，开始认真做蛋糕，虽然做的是最简单的蛋糕，但过程还是很复杂，我照着老板的指示，一步步做，中途活面粉的时候，老板还顺便给我介绍了好多种调料。

介绍到芥末的时候，老板突然停了一下，然后笑着看着我说："真的好想把芥末加进去。"

我也笑："其实我也很想。"

　　老板大笑着掩饰自己的尴尬："不过还是不能加，对厨师来说这可是很危险的念头呢。"

　　最后把烤好的蛋糕从烤箱里拿出来的时候，整个人有一种难以言说的成就感，虽然我是新手，但是在老板的指导下，还是做出了一个差强人意的蛋糕。

　　等到裱花结束以后，我把蛋糕端了过去。

　　韩笙雅竟然一点也没嫌弃，开始吃了起来，其他几个人显然对蛋糕有一点不满意，我看出她们显然有很多意见要提，不过令人惊讶的是，她们还没来得及发表意见，就被韩笙雅制止了。好不容易等她们吃完了蛋糕，已经七点钟了。

　　韩笙雅从座位上站起身来，开始收拾东西，我虽然不乐意，但还是毕恭毕敬地在一旁候着。

　　她把卡递给了我，说道："没有密码，不过你可别随便刷。"

　　我当然没有乱刷，只是刷了蛋糕的价格，我把卡递给她以后，她似乎是猜出了我刚才的行为，我看到她把钱包取了出来，把卡放了进去，又取出了一张卡，递给了老板。

　　"这张卡里有两千，我一向说到做到的。"

　　她走到门口的时候，我像对所有顾客一样，对她们说了一句："欢迎下次光临。"

　　韩笙雅突然哈哈大笑了起来，讽刺地说道："你是真心希望我们还会再来吗？"

我倔强地说："如果你们不刁难我的话，我当然欢迎你们。"

她突然笑了笑，又说："知道我今天为什么在这里待这么久吗？"

我看也不想看她，当然更不关心她为什么要待在这里，无非就是想为难我罢了。

我虽然没理她，但是她还是自顾自地说话："我其实本来没想买东西的，但是我看你一直拿着电话，又露出了一副很着急的样子，十有八九是要见橘辰熙吧。"

她顿了顿又说："可是呢，我一点也不想让你见到他，我得不到的东西，别人也别想得到。你说，他现在会不会等得很着急，或者说，他已经走了呢？等会儿说不定你到了那，只能看到自己孤零零的影子。"

"够了。"我咬着牙对韩笙雅说道。

"你自己内心龌龊就算了，还非要说出来让我知道，你已经吃完了，现在可以走了吧。"

可是韩笙雅像是没有听到这句话一样，对跟着她一起来的那几个女生说了句："走吧。"

老板看着她们离开的身影，松了一口气，安慰我道："小乐啊，今天晚上真是为难你了，她给我的钱我会分你一半，今天晚上的加班费我也会算上的。"

"没事的老板，其实也怪我，不然的话她也不会来闹事。"

老板突然一本正经地问道："你有做什么对不起她的事吗？"

我愣在了那里，仔细想了想，回答说："并没有。"

"那就不要那么说自己，她做了错事，并不是你，你没有必要为她的行为负责任。"

我突然间觉得很感动，没想到平常大大咧咧的老板，竟然也有这么贴心的一面。

"谢谢你。"

"谢什么谢，这么晚了，快回家吧。"

我有点不好意思地看向了后厨，老板一下子就看出了我的担心，连忙说道："快回去吧，这里交给我收拾就行了，再晚我都不放心你一个人回去了。"

"老板再见。"

老板冲我挥了挥手说："再见。"

03

跟老板告别之后，从裤兜里掏出手机打算看看时间，却发现手机显示屏上有好几个橘辰熙的未接来电。

我正打算给橘辰熙回电话，手机却突然罢了工，自动关机了。

我只好先去我们约好的地方，对面巷子的拐角是一家精品店，有时候下班了之后我会去那里逛一逛，并不买东西，只是看到那些美好而又漂亮的东西就会觉得很开心。

等到我赶过去的时候，店主正在关门，店门口只有店主和我被无限拉长的身影。

我于是问店主："你刚刚有在这里看到一个男生吗？"

店主想了想回答说："刚才确实见到一个男生在门口站着来着，看样子好像是在等人，刚才我看的时候他还在呢，这会儿不知道跑哪去了。"

我内心充满了愧疚，也不知道橘辰熙究竟在这里等了多久。

我匆忙说了一声谢谢，然后就去四处寻找橘辰熙了，可是我把整条小巷都找完了以后，仍然没有见到他的身影。

等我再次回到店门口的时候，店主已经回去了。

我在门口又等了一会儿，橘辰熙还是没有出现，我想他可能是回家了吧，于是我也决定要回去。

一路上灯都很亮，走到家里胡同拐角处的时候，我看到了几个小混混正靠在栏杆旁边抽烟，可是要回家的话，就不得不经过这条路，我硬着头皮走了过去。

原本他们的旁边空出了很宽的路，可是我走过去的时候，那几个小混混却突然站到路中间，把所有的路都挡住了。

其中一个看起来是领头的混混，把手里的烟头扔到了地上，然后用脚踩了踩。

其实他们的年龄看起来比我也大不了多少。

"请你们让一下，我要过去。"我有点胆怯地说。

"没问题呀，只是我们让你过去，你是不是得给我们点回报。"

"这条路又不是你们修的，我为什么要给你们回报。"

"哥几个大晚上在这守护你安全呢，你不得给点保护费，最起码，也把烟钱给我们吧。"

我这才明白了他们原来是想要钱，我肯定是打不过这几个人，只能乖乖给钱。

我掏了掏自己的口袋，发现身上只有很少的零钱，我把那些零钱整理了一下，一共也只有十块多。

我把钱递给了为首的那个小混混，对他说："我只有这么多了，都给你，现在可以放我回去了吧。"

他嫌弃地看了一眼我的钱，接也没接。

旁边的几个人咒骂道："等了这么久，来了一个穷鬼。"

还有一个人讽刺地开玩笑道："姐姐，你给这么点钱，是让我们买烟蒂吧。"

我耸了耸肩："我只有这么多了。"

有个人对那个领头的小混混说道："李凯，该怎么办？"

李凯看向我，面无表情地说："我就不信你出门就带着这么点钱，你身上肯定还有其他值钱的东西吧。"

我不自觉地握紧了手机，这恐怕是我身上最值钱的东西了。

他注意到了我的动作，紧接着就注意到了我的手机，轻佻地说道："把手机交出来吧。"

我急中生智，对着远处的空气喊了一声："爸，你怎么来了？"

等到他们全部转过去看的时候，我撒腿就跑，我原本想的是，我一跑的话，他们肯定就放弃了。没想到他们发现被我骗了以后，全部都追了上

来，我用尽全身力气去跑，可是他们都跑得比我快。

他们的影子离我越来越近。

我只顾着向前飞快地跑。一不小心撞进了一个人的怀里，我还以为他是那些混混中的一个，心里想着，完了，我这下子肯定死定了。

我抬头看了一眼，却发现面前站着的人正是我朝思暮想的橘辰熙，我激动得简直快要哭出来。

这个时候，那些混混已经追了上来，橘辰熙连忙将我护在了身后，不屑地对那几个人说："几个大男生追着一个小女生跑，要不要脸啊。"

我花痴地看着橘辰熙，想到了我们第一次见面的时候，他也是这么的刻薄。

那几个混混面面相觑，完全不理解橘辰熙是从哪冒出来的。

李凯走到了前面，看了橘辰熙一眼，竟然笑了出声，然后嘲笑地说道："不知道天高地厚的家伙，还想英雄救美呢，也没看看自己究竟有几斤几两。"

旁边的小混混附和道："这还英雄救美呢，这压根就是狗熊救丑。"

这句话一下子刺激到了橘辰熙，他愤怒地冲那个说话的小混混喊道："你说谁丑呢，你也不撒泡尿看看自己的样子，都丑到污染环境了还有脸说人家。"

我听到他说这句话，吃惊极了，他一点也不在意别人说他是狗熊，但却很在意别人说我丑。

我没注意到的一瞬间，橘辰熙突然伸出一拳朝那个混混打了过去。

"下次嘴巴记得放干净一点。"

这个时候，剩下的人全部都涌了上来，开始打橘辰熙，橘辰熙似乎学了一点空手道，虽然他们一起上，但是并没有占到什么便宜。反而被橘辰熙打到了要害部位。

李凯擦了擦嘴角并不存在的血迹，骂了一句："该死。"

然后就开始左顾右盼，我起初还不知道他在干什么，后来才发现他是在找武器。

终于，他在垃圾桶的旁边发现了一根铁棍。

我害怕他会用那个铁棍攻击橘辰熙，连忙跑了过去，伸手挡住了他。

他愤怒地看着我，狠狠地说："让开。"

我不说话，只是伸着手臂挡在那里。

他的脸上突然露出了一丝十分可怕的冷笑："你不会以为我是那种不打女人的绅士吧。"

我在心里呸了一声，悄悄地骂道，我才不会觉得你是绅士。

我也知道他可能会打我，只是我不想让橘辰熙受伤，不由自主地就冲了过来。

看我还不让开，李凯就举起铁棍吓唬我，我看得出来他只是在假装要打我，这个时候远处的橘辰熙看到了这一幕，以为李凯是要真的打我。

连忙冲过来护住我，嘲笑李凯道："孬种，有种你就冲着我来。"

这句话很轻易地就激怒了李凯，他举着铁棍的力道打了不少，就在铁棍快打下来的时候，橘辰熙转了个身，把我完全护在他的怀里。

转身的一瞬间，铁棒砸在了他的头上。

但他竟然还看着我笑，关怀地说："你没事就好。"

突然间，他倒了下来，全身重量都压了过来，我扶着他，让他躺在了我的腿上。

我不知道发生了什么，只是很担心，我的眼泪就像断了线的珠子一样，不停地向下流。

橘辰熙的头部不断有血渗出来，我看到他迷迷糊糊地看着我，我一边哭一边说道："橘辰熙怎么办，你的头在流血。"

他有气无力地回答道："傻丫头，没事的，只要你没事就好。"

那几个混混看到发生了这种情况，也变得十分手足无措，连忙问李凯道："李凯，我们该怎么办？"

李凯好像也是第一次遇到这种情况，整个人都被吓呆了。

最后很生气地骂了一句："该死，真是晦气，你们还不赶紧跑，等着被警察抓呀。"

李凯说完这句话以后，那几人全部撒腿就跑。

我的手机没电了，橘辰熙的手机刚才打架的时候全部都摔了个粉碎，他现在这个样子，我也不敢随便把他放在地上，除了哭我不知道还能做些什么。

这条路有一点偏僻，平常经过的人很少很少，我只能在心里祈祷，希望有人可以从这里经过，救救橘辰熙，如果他没法好起来，我不知道自己剩下的日子该怎么过去。

04

正在我无助的时候，一个熟悉的声音从我们身后响起来了。

"言同学？"

我惊讶地转过头，发现苏小北正跑过来。

他看了一眼地上躺着的橘辰熙，问我："这是怎么回事？"

我一边抽泣一边说道："橘辰熙为……为了救我，被那些混混打……打成了现在这副样子。"

我像抓住了救命稻草一样，连忙请求苏小北道："小北，你说我该怎么办呀？"

苏小北狐疑地看了一眼橘辰熙，从身上取出了一包纸巾递给我，说："快擦擦眼泪吧，我这就打急救电话，橘辰熙……他不会有事的。"

我看着苏小北打通了120的电话，这才开始安心地擦眼泪。

"对没错，就是XX路口，这里有个人后脑勺受伤了，我不敢轻易移动，你们快点派车过来吧。"

打完急救电话以后，他又打了报警的电话，因为不是特别了解情况，我一时也说不清楚，他就简略地描述了一下。

除了等我们也没有什么能做的了。

苏小北也不是很擅长安慰人，只是拿着纸巾，不停地递给我。

这个时候，突然有个陌生的声音传来："喂，等会儿警察来的时候，你能不能跟他们说所有的事情全部都是我一个人做的。"

我抬起了头，发现说话的人是李凯。

苏小北充满敌意地看着他，说："就是你把橘辰熙打成这个样子的，你也好意思说这种话。"

他突然露出了一副很苦涩的神情，恳求道："这件事情原本就是我一个人的责任，其他几个人只是跟着我过来而已，人也是我打的，你们何必要牵扯那么多人呢。"

苏小北却根本不买账："这些应该是由法律来评判的，不是由你我就能决定的。"

李凯见苏小北软硬不吃，又开始发脾气："我已经给足你们面子了，你不要得寸进尺。"

"言同学，别太担心了，橘辰熙一定很快就会好起来的。"苏小北没有理会李凯，对我说。

我点了点头，重复他的话："橘辰熙一定很快就会好起来的。"

没过一会儿，警车和救护车就都到了。

那些护士把橘辰熙抬上了车子。

李凯坚持跟警察说所有的事情都是他一个人做的。

我缓了好半天才可以把话说清楚，然后我告诉警察，不光有李凯，还有其他好几个人。

警察的表情很复杂，最后带走了李凯，并且让我尽快去警察局里做一下笔录，还要配合他们把肖像画画出来。

等到坐上车以后，苏小北把手机递给了我："快给橘辰熙的家长打个电话吧。"

　　我颤颤巍巍地拨通了刘阿姨的电话，可是我一直在哭，根本说不清自己想要表达的事情。

　　刘阿姨不知道出了什么事情，只能一直很着急地安慰我。

　　最后苏小北看我实在说不清，就把电话接了过去。

　　"阿姨，你好，我是橘辰熙的同学，他现在出了一点意外，正在xx医院，希望您能尽快赶来。"

　　他的头发全部都被剃光了，缠着很丑的绷带，他虽然没说过，可是我知道他是个很爱漂亮的人。

　　我忍不住地流眼泪，在心里责怪自己，要不是我，如果没有遇到我，他根本就不会遭遇这种事情，要是我按时下班，我们根本就不会遇到这群小混混。

　　苏小北心疼地摸了摸我的头，安慰我道："言同学，别难过，也别觉得这都是你的错，一切都是那些坏人的错。"

　　橘辰熙被推进手术室没多久，刘阿姨就来了。

　　她隔着玻璃看到头上缠着绷带的橘辰熙，突然一下子泣不成声。

　　我好不容易止住的眼泪，又开始冒了出来，我觉得我好像要把一辈子的眼泪都流光了。

　　刘阿姨也一直不停地哭，跟我一样，她也在责怪自己，责怪自己刚才没有跟着橘辰熙出去。

　　她大概也猜到了事情和我有关，但是却没有责怪我。

这让我觉得更加的内疚。

过了好久，我的情绪才稍微平复了一些。

我连忙跟苏小北道谢："今天真是多亏你了，要不是你，我都不知道该怎么办。"

"没事的，大家都是同学，互相帮忙是应该的。"我听出他的话有一点苦涩。

然后他提醒我说："等会儿刘阿姨来了以后，我陪你到警察局把笔录做一做吧，再把肖像画画出来，早点通缉他们，就能早一点抓到全部施暴的人。"

我重重地点了点头。

等到刘阿姨办完手续过来以后，我就跟她说了我的想法。

刘阿姨很憔悴地对我说："小乐，已经这么晚了，阿姨送你去吧。"

我摇了摇头，拒绝了："阿姨，你就在这里陪着橘辰熙吧，我自己可以的。"

苏小北说："阿姨，没关系的，我陪她一起去，您放心，橘辰熙不会有事的，他很快就会好起来。"

刘阿姨犹豫了一下，还是点了点头。

说道："那你们去吧，一路小心，有什么事的话就给我打电话。"

我心疼地看了一眼躺在床上的橘辰熙，这才不舍得地跟着苏小北走，如果不是我想抓住那些伤害过橘辰熙的人，我根本就不会离开他一步。

到警察局以后，我按照章程做完了所有的事情。

走出警局的时候，我却忍不住又哭了出来。

苏小北连忙出声安慰我说："橘辰熙很快就会好起来的，你不要太担心了。"

接着又说："你有听过这样一段话吗？"

"我们不应为某件事情过分高兴或者过分悲伤，原因之一就是一切事物都在改变，另一个原因是我们对于何为有利，何为不利的判断是虚幻的。因此，几乎每个人都曾经一度为某件事情悲伤不已，但最后那却被证明是一件天大的好事。"

我抬头茫然地看着他，问道："这些都是真的吗？"

"当然是真的，我就算是欺骗了全世界，也不会欺骗你的。"

从警察局回来以后，虽然刘阿姨已经守在橘辰熙的床边了，但我也还是固执地守在那里。

苏小北在门外透过玻璃看到了我的样子，无奈地摇了摇头，但是他没有走，而是在外面的长椅上坐着，我半夜出去上厕所的时候，看到他靠在那里睡着了。

这件事本来跟苏小北没有任何关系的。

我的心情很复杂，既愧疚又难过。

他每次都会在我需要的时候出现，我真的很感动，有时候我甚至想，如果我喜欢的人是苏小北就好了，尽管我很不成熟，可是我还是知道，感情是这世界上最奇怪的事情，是没有办法控制，更加没有办法勉强的。

有些人付出了很多，却一无所获，有些人只是看了你一眼，就已经掳

走了你的心。

半夜的时候，刘阿姨醒来了，看到我趴在床边，就把自己的外套披在了我的身上，我听到声响，醒了过来。

刘阿姨看到我醒了，温柔地看着我，帮我把眼睛旁边的刘海别了过去，心疼地说："好孩子，真是难为你了。"

"虽然阿姨不清楚发生了什么事，但是我可以想象得到，你刚才遭遇了很惊险的情况，我也知道，你对橘辰熙的心意，如果现在这个世界上有谁对橘辰熙的担心和我一样，恐怕也就只有你了。"

我的泪水又开始在眼里打转，我哽咽道："阿姨，都是我的错。"

刘阿姨擦去了我眼角的眼泪，安慰我说："好孩子，千万别这么想，不是你的错。你知道吗？昏迷的人还是能听到声音的，你可别哭，不然橘辰熙听到了会难过的。"

过一会，我却看到刘阿姨的眼眶红了。她抬头向上看了看，过一会有点不好意思地跟我说："阿姨去下卫生间，你在这里好好陪橘辰熙。"

我知道阿姨其实是忍不住想要流眼泪。我握紧了橘辰熙的手，哽咽地说道："我不是故意要哭的，你真的可以听到吗？如果你能听到的话，答应我快点醒来好不好，我和阿姨都很担心你。"

"你要是再不醒来，我就会内疚死的。"我趴在了床边，希望橘辰熙睁开眼睛以后，第一个看到的人是我，我也想第一时间，就向他表达我的歉意。

我更加不想等了，我要告诉橘辰熙，我要勇敢地面对对橘辰熙的感情，我还要亲口告诉他，我是多么喜欢他，我希望能一直在他身边。

10

第十章

踮起脚尖能吻到幸福

Dian qi

Jiao jian

Qinwen xingfu

——你相信这是缘分吗？

——我相信，它的名字，叫宿命。

01

医院里充满着浓厚的消毒液味道，刺激着鼻息，令人有些不适。而橘辰熙，像一个优雅的王子，安详地躺在洁白的病床上。

他的额头被一张白色的医用包扎绷带紧紧包住，在伤口处，渗出的细密血丝清晰可见。我的脑子很凌乱，不断浮现出橘辰熙被送进医院前，我们被李凯那群混混围攻的画面：挑衅，凶猛，可恶，对于有经验的他们，我跟橘辰熙，完全就不是他们的对手。

想到这里，疯狂的眼泪又再次夺眶而出了，因为我从没想过橘辰熙会因为保护我而受到伤害。

起初我忍不住小声抽泣，到后来，越来越难以控制情绪，只好到病房门外去释放哭声。

　　"小北，你怎么还在？"推开病房门的一瞬间，我看到苏小北蹲在门边的地上，头搭在双膝上，双手环抱着，见我推门走出来，像是看见'救命稻草'一般，猛地抬起了头。

　　"橘辰熙醒了么？"他关切地问起橘辰熙的状态。

　　"还没呢，唉。"一想起病床上被针管包围的橘辰熙，我又是满面愁容了。

　　"应该不会有事的，你别担心了。"此时的苏小北，像邻家大哥哥那般，给了我最贴心温暖的安慰。

　　"要不是我，呜呜呜……"我自责，那种难受的情绪无以复加。

　　"好了，别再说了，至少现在大家都安全了不是吗？"

　　"呜呜……"难过的情绪抑制不住，泪水像奔流的河水，哗啦啦地流个不停。

　　此时的苏小北明白这时候说再多的话也难以控制我的悲伤情绪，所以他只能默默地站在我的面前，直到我完全的冷静下来。

　　"好些了吗？"他的声音很温柔，正是我此刻需要的安慰。

　　"嗯，我不应该再哭了，应该留存一些精力，好好照顾橘辰熙。"我擦了擦脸上残留的泪痕，坚强地说道。

　　"那就好。"苏小北顿了顿，又继续说道："言同学，我一直想问你一个问题。"苏小北一脸认真地看着我问道。

　　"好啊。"我心生疑问地回答。

　　"其实，你一直是喜欢橘辰熙的吧？"

心里的秘密像被掀开了一样，有些胆怯，又有些羞涩，但在苏小北面前，他一直对我如兄长般呵护，百般地对我好，而我，可耻地利用了他对我的喜欢来忘记橘辰熙，为此我感到羞耻。所以我决定不再隐瞒和退缩，我要正面地去回答这个问题。

"对不起啊，小北，正如你所说的，我是真的喜欢橘辰熙。"当一件事情终于脱下了它秘密的伪装，心情反而变得轻松了许多。

"所以原来他们流传的，是真的。"苏小北自说自话，但脸上已经露出了明显的失落感。

"流传了什么？"我不解，并追着问他。

"无非就是一些关于你跟橘辰熙的谣言，但现在看来，好像确实印证了一些事情。"说着说着，苏小北扯了扯嘴角，露出了无奈的笑。

"哦？"他的话，总能让我疑问重重。

"平时高傲冷漠的橘辰熙，竟然会在你面前表现出非同寻常的态度；面对混混，也可以不顾自己的安危而拼了命的保护你，只因为他们说了一些损害你的话……唉，我真傻啊，到现在才后知后觉。"苏小北自言自语地说了一连串，而我始终保持着一个疑问的态度。

"小北，你究竟在说什么呀？"原谅我的智商在这会儿完全跟不上他的节奏了。

"没什么，你不用理会。"苏小北深深地叹了口气，接着补充道，"言同学，如果真的喜欢他，就主动去告诉他吧，不要让这份喜欢，成为遗憾。至于我之前对你的告白，抱歉了，让你产生烦恼了。"苏小北露出了伤心的神色。

"苏小北……"听他这么一说，我顿时觉得羞愧难当了，"对不起，之前是我'利用'你对我的好，我……"说到一半，竟然有些哽咽了。

"没什么啦，我可是大男生哦，不用照顾我的情绪，呵呵。"他轻轻地扬了扬嘴角，露出了洁白的牙齿，笑容还是那么温暖好看。

"谢谢你，苏小北。"我咬了咬下唇，听他这么一说，心里难受得快哭了。

在一阵道歉以及接受的寒暄之后，我送走了苏小北，他的背影消失在即将入秋的和煦阳光里，像橘辰熙的背影那样，温柔又迷人，只可惜橘辰熙早一步住进了我的心里，并深深地扎了根，从此我的心里再也容不下第二个人了。

苏小北，还是谢谢你，在我难过的时间里，出现在我的生命里给予我温暖。

02

回到病房，橘辰熙还在沉睡中，不过他的嘴唇已经没那么泛白了，看起来，状态有了好转的趋势。正当我要坐回橘辰熙的床边时，韩笙雅却突然出现了。

"言知乐，你……"她表现得很气愤的样子，样子很凶煞，跟以前对我的态度，并没有什么两样。

"呃……"一时间，我竟然有些接不上话来；我当然知道韩笙雅是指

责我的意思，她大概也听说了橘辰熙因为我而受到伤害，被送进了医院。

"都怪你，不然小熙也不会变成现在这样，他躺在医院冷冷的病床上，难道你都不会觉得愧疚吗？"韩笙雅声音的分贝逐渐往上提高，拉着吼腔，分分钟想要用口水淹没我。

"我也很内疚的。"本来已经很内疚了，被韩笙雅这样一说，心里更不是滋味了，转身看了一眼还没醒过来的橘辰熙，鼻子开始泛酸，又有一种想哭的冲动。

"唉，算了，事情都已经发生了，也不想跟你计较了，谁让你是小熙喜欢的人呢。"看到我快哭出声来，韩笙雅的态度突然变得缓和了一些。但她最后的那句话，让我把全部的注意力都凝聚了起来。

"什么？你说橘辰熙，喜欢我？"我放低语速，打算确认这句话的真实性。

"没错，他是喜欢你。要不是因为我喜欢橘辰熙，我也不会成全他，成全你们。"这一秒，韩笙雅像是"投降"了，原本在她身上的那些高傲，刻薄的公主光环瞬间消失了。

而我，却被韩笙雅的这句话彻底愣住了。

"他亲口说的吗？"我不相信，又重复问了一遍。

"想知道他怎么跟我说的吗？"

"当然想呀。"

"所以你打算让我就这么一直站着说话吗？"这下我才意识到，从韩笙雅进门到现在，我都没招呼她坐下来过。

"不好意思啊，刚刚见你，以为……"我始终都没想过这样的结局，我会跟韩笙雅心平气和地坐下来一起聊天。自从上次游泳事件之后，我跟她之间，都是充满敌意的。

"以为我又是对你有恶意，对不对？"

"呃……"心里承认，但嘴上却是难以说出口。

"我要跟你说的是，对不起，小乐。"我错愕，韩笙雅居然跟我道歉了，"这段时间处处针对你，真的很不好意思，都是因为我太喜欢橘辰熙了，才会对他身边亲近的女生这么充满恶意。"

"没关系啦，小雅。"我惊讶之中，更多的还是欣慰，因为又收获了一份友谊。

"其实，我知道橘辰熙一直都喜欢着你，但因为我的自私，想把橘辰熙据为己有，才会……"

韩笙雅说着说着突然顿住了。

"嗯？才会什么？"

"算了。"她扬起嘴角甩了甩头，继而说道，"过去的事，真的对不起。我真心地祝福你跟橘辰熙能好好的，如果他醒来，你一定要好好珍惜啊，小乐。"

"感动，你怎么突然？"对于韩笙雅360度态度的大逆转，着实让我惊呆了。

"只是突然认识到一些道理罢了，呵呵，其实我也没有这么坏吧。"

"才不会呢。"

"我知道你也一直喜欢橘辰熙,对不对。"这份暗恋的情愫,原来我伪装得并不够好,除了娇媚知道,就连韩笙雅也看得出来,那天才一般的橘辰熙,会不会也感受到呢?

"嗯,没错,我是喜欢他的。"终于,我坦诚地回答了这个问题。

"那就好,小乐,你还会把我当朋友的吧?"韩笙雅的眼神充满了诚恳和期待。

"当然啊。"我毫不犹豫地回答了。

"太好了,谢谢你啊小乐,如果你跟橘辰熙在一起了,我也会好好祝福你们的。"

这一刻,我深深地感觉到,好像是上帝让一切都变得美好起来了。终于,我和韩笙雅之间,不再恶言相向,不再互相看不顺眼和冷言相对。

"但愿如此吧,我也想和橘辰熙在一起呢。"我羞红着脸说。

"嗯嗯,橘辰熙他,真的一直一直,超喜欢你的,可要好好把握哟,不然我会替小熙出气,饶不了你哟。"

听了韩笙雅的话,我心里乐开了花,甚至有些不敢相信,橘辰熙真的也那么喜欢我吗?

"知道啦。"

"哦,对了,有一样东西,你一定也想知道。"韩笙雅突然给我设定了一个迷局,让我好奇心重重。

"究竟,是什么呀?"我两眼放光地问。

"它就放在橘辰熙的钱夹里,你自己去"探险"咯,嘿嘿。"

韩笙雅在说完这件事情之后，便离开了病房，留下了一脸疑问的我。但想到跟韩笙雅关系已经缓和了，心里就开心了许多，如果橘辰熙醒来知道我们的关系变好了，韩笙雅也变好了，他一定也很开心吧。

不过眼下，最吸引我的，还是橘辰熙的钱包。

究竟会是什么东西呢？

03

我走近床边，双手托着腮帮，目不转睛地盯着还未醒过来的橘辰熙。

真是一张高颜值的脸蛋呀，曲卷的睫毛，白皙干净的脸颊，毫无杂质，他的呼吸很均匀，像是在做场有趣的梦，嘴角微微向上扬起，真迷人，不愧是我喜欢的橘辰熙。

当我的目光从橘辰熙的脸上移动到他的钱夹时，脑子里忽然闪过韩笙雅走之前给我留下的谜题，于是我紧张地伸出双手，朝他的钱夹，缓慢地前进。

当我快要触摸到钱夹时，心跳不自觉地加速了。猛到再用一把力，终于抓到了钱夹，然后快速地打开来看，当橘辰熙钱夹里的东西被我打开来，呈现在我面前的时候，我彻底惊呆了。

是我！那个额头前有一颗明显黑痣，露着笑脸的小女孩。

钱夹里的那张小照片！居然是小时候我亲手给那个小男孩的！

怦怦怦……

我已经感到自己的心在剧烈跳动了，泪水不听使唤地夺眶而出。

橘辰熙，难道他就是我苦苦寻找的秋千小男孩吗？难道他就是那把被我当作幸运物的四弦吉他的主人吗？

寻寻觅觅那么久，原来他却一直在我身边，我们之间的距离，不过0.5厘米。

"咳咳咳……"

就在我紧盯着钱夹里的那张照片的同时，橘辰熙醒来了。

"橘辰熙，你，我……"像做坏事被主人发现了一样，我盯着橘辰熙，紧张得支支吾吾，连话都说不清楚了。

"你什么你，我什么我，还是那么笨呢。"没想到橘辰熙醒来的第一眼，就是跟我打趣。

"这个……"我已经迫切地想要知道答案，究竟他是不是小时候那个吉他小孩男，于是把钱包，举到了他面前。

"我的钱包啊，怎么了？"橘辰熙露出俏皮的神情，一点也不像生病的人。

"你知道我问的不是这个……"我很认真地回答。

只见橘辰熙低着头沉默了一会，然后用很温柔的眼神与我对视，眼神里传送出的柔情，简直能让人为之沉醉。

"我当然知道你问的不是这个。"这一次，他才恢复了他高智商的模样，顿了顿，他继续说道："其实，我很早就醒了。"

"什么？"我大惊。

"你跟韩笙雅的对话，我也听得一清二楚。"

"……"

"她说的没错，我现在就给你你想要的答案！"说罢，橘辰熙从他的钱夹里抽出那张我再熟悉不过的小照片，"言知乐，你熟悉吗？这就是你呀，我就是当年那个小男孩！"

说罢，橘辰熙的脸上露出了十分温暖的微笑，而我的神情，却是大大的惊讶。

我简直不敢相信眼前所发生的一切。

"真的是你吗？吉他小男孩？"我屏住呼吸，试图做最后的确认，而此刻，我心跳加速的频率，都快让我险些喘不过气来。

"是我，是我，是我，重要的事情，一定要说三遍。"听到他万分肯定的回答，我悬在心里的石头，终于落地了，原来，他也一样在找我，还把我送他的照片，收藏得那么好。

"呜呜呜，真的是你，为什么你不早点说。"知道真相后，我在橘辰熙面前哇哇大哭起来。

"因为之间存在误会呀，其实，我一直错误地以为，韩笙雅才是小时候的你。"我恍然大悟，难怪那段时间，橘辰熙跟韩笙雅特别亲近，大家都以为他们俩交往了。

"对呀，差点以为你真的和韩笙雅交往了呢。"

"因为她，有颗和你一模一样的黑痣，不过，咦，你的黑痣呢？"说着说着，他便主动拨开我额前的碎发，在看不见那颗他找寻很久的黑痣后，终于发出了质疑。

"之前我不是跟你说了那颗黑痣被我点掉了吗？"我反问道。

橘辰熙这才记起道："对哦，我明白了。"

后来，经过橘辰熙的一番解释，我终于理清了这一系列发生的事了，韩笙雅去点了一颗和我一模一样的黑痣而故意让橘辰熙发现，结果橘辰熙便错误地以为韩笙雅就是他找了很久的那个小女孩，但交往中才发现，韩笙雅很多地方都跟小时候那个小女孩的印象脱了轨，经过一段漫长的发现期，韩笙雅才承认自己因为太喜欢他，想跟他在一起而故意安排了这一切，让我跟橘辰熙"相认"的时间给拖延了。

"原来是这样……"橘辰熙把这件事娓娓道来，我才恍然大悟。

"所以说，有缘的人，经历万水千山和满路荆棘，最终还是会遇见的，你说我们是不是很有缘呀，言同学，我可是找了你很久了哦 。"橘辰熙开始调皮起来，跟我做了一个鬼脸。

而我，却被感动哭了。

"讨厌啊橘辰熙，为什么到现在才告诉我。"

"是不是特别感动啊？"

"你难道自己不会看吗？我的眼睛都哭肿了呀。"我边抹着眼泪边撒娇道。

"不愧跟小时候一样，还是那么爱哭啊。"

"喂，你……"

"好了，就算你再怎么爱哭，我一样会喜欢你，所以你也不用担心。"橘辰熙不小心地跟我告白了，当着我的面，脸上微微泛起了红晕。

"我也喜欢你，橘辰熙。"终于，我的暗恋，在这一秒，转正了！

"我当然知道你喜欢我了。"橘辰熙露出得意的笑容，并朝我比画了一个剪刀手的手势。

"哎呀，真是的，一点都不知道谦虚。"我红着脸说，此时内心已经开启了小鹿乱撞的模式了。

"不要以为自己的心思被我发现了觉得害羞，反正我喜欢你肯定比较多一点。"

一阵暖心的告白，像被沾上了超高浓度的蜜糖那样，足够把我的心一秒内融化。

"喂，橘辰熙。"

"干吗，喂喂喂，不要感动得又要大哭一场哦。"

"谢谢你，谢谢你这么多年一直记得我，真的很感谢你。"发自肺腑，对于橘辰熙把我照片存放在钱夹里那么多年，并且还一直在寻找我，这让我对橘辰熙的喜欢，又加深了一层。

"那你想怎么谢我呀？"橘辰熙露出邪恶的表情。

"什么？"

"不如来点实际的呗？"

"你……你，想干吗？"我瞪大眼睛问，一阵"不祥"的预感袭席卷全身。

他该不会，要跟我接吻吧？！

我替自己捏了一把汗。

"来，到我的怀里来吧，我想抱抱你。"他温柔地看着我说，并张开了那个暖暖的踏实的大怀抱。

"原来是这个啊。" 在听到答案之后，我才放下心来。

"不然，你想干吗呀？哦我知道了，一定是往邪恶的地方想了，对不对？"橘辰熙笑眯眯地看着我，有点嘚瑟的样子。

"喂，我才没有。"

我红着脸狡辩。

"好啦，过来吧，到我的怀抱里来。"他伸手摸了摸我的头，而后趁我不注意，便一把把我拥入怀里。

嗯，属于橘辰熙身上那份独有的清香，依旧还在。

此刻，我在橘辰熙的怀里，感到前所未有的温暖。

"啵……"我的额头仿佛被一个湿润的东西，轻轻地点了一下。

一个猝不及防，橘辰熙掰过我的额头，柔软的唇，轻轻地压了下去

"喂橘辰熙，你'乘人之危'噢。"我羞红着脸，骄傲地说。

"这不算乘人之危，顶多算个你情我愿吧，谁让你是我的人呢。"如此一说，我的脸红得像猴子屁股，但心里，却是如蜜糖般甘甜。

啧啧啧，没想到橘辰熙说起情话来，也是满满的套路。

终于，眼前这个不仅学习好，还会撩妹的俊俏的男生，在历经百转之后，终于成为我引以为豪的男朋友啦！

撒花……

04

"收拾好了吗？"

"你能再磨磨唧唧一些吗？"

"喂，零食少带点，我可不帮你拿。"

"啧！你是要去那安家落户是吗？"

一大清早，橘辰熙便像个老妈子一般，婆婆妈妈似地对着正在收拾行李的我左右嚷嚷。

"啊呀，小熙，你就让小乐好好收拾收拾嘛。"在厨房摘菜的刘阿姨探出个头来，笑着对橘辰熙说道，脸上洋溢着满满的家庭幸福感，对于我跟橘辰熙在一起的消息，刘阿姨点了十万个赞，她说：其实呀，我早就跟你妈妈说过，等你长大啦，就做阿姨的儿媳妇哟。

如此一来，这样的结局，才真是令人愉悦呢。

"就是，哼，还让不让人好好收拾了。"有刘阿姨出气，我也要好好地回击他一次。

"好吧，那也得抓紧啦，再磨叽天都黑了好吗。"橘辰熙无奈，斗不过我跟刘阿姨的嘴，只好选择"投降"啦。

"好啦好啦，我会尽快的。"

在回答完橘辰熙之后，我像个小媳妇一样，继续收拾我跟橘辰熙的行李，而我们即将出发的目的地，就是那个第一次跟橘辰熙相遇的旧城，以及那个古老的秋千。

　　从我们居住的城市到那个充满回忆的旧城，车程大约1小时30分，颠簸的乡村山路，让坐车困难户的我，简直难受得不行。

　　汽车在行驶将近40分钟的时候，我的胸口开始有些发闷，喉咙里像是有些东西，欲要往外涌，我努力让自己表现得淡定一些，以免橘辰熙担心。但额头的冷汗却不断地往外冒，手也开始有些发抖的迹象。

　　"怎么了？不舒服吗？"细心的橘辰熙很快就发现了我的异样，于是关切地问起来。

　　"嗯，有点儿，有点头晕晕的。"我如实相告，不然对橘辰熙有所隐瞒的话，后果将会不堪设想的。

　　"是晕车吗？"橘辰熙边问边用手背贴了贴我的额头，再贴贴自己的额头，随后接着说："怎么额头那么凉，你看你嘴唇都发白了，怎么全身都在冒冷汗呢？"

　　"我之前就不太能坐汽车，总觉得汽油味太难闻了。"我说得很吃力，而且也没什么力气，依照以往的情况看来，确定是晕车想吐没错。

　　"胃是不是很难受，想吐吗？"橘辰熙像一个专业医生那般问诊。

　　"有点想吐，现在就是整个人都没什么力气，晕晕的感觉。"我依旧如实地表述自己目前的状态。

　　"来，先喝点水吧。"橘辰熙从脚下的双肩包里拿出一瓶矿泉水，打开了瓶盖，单手撑起我的头部，把水递到我的嘴边。

　　喝了两口水，肚子里一下清凉了许多，我深深地吸了一口气，谁知道竟然全都把汽车里的臭味都吸进了鼻孔，这下更难受了，分分钟有想吐的感觉。

"橘辰熙，我，我觉得我不行了，想吐……"我使劲地吞了吞口水，接着说道，"不然，你跟司机叔叔拿个垃圾袋吧，我快撑不住啦。"

汽车上的晕车呕吐状况，通常都是这样解决的：司机叔叔会提前给你准备一个塑料袋，谨防因为颠簸或者个人的晕车原因出现呕吐状况。

"用垃圾袋装？岂不是更难受？"橘辰熙说完，左右望了望路边，嘴巴还在碎碎念些什么。我当即就郁闷了，不立即去跟司机叔叔拿塑料袋，还有闲情到处看什么鬼风景，女朋友都快难受得要吐了。

"喂，你在望什么啊，还不快去……"心里打定主意，等我恢复了，一定要打爆他的头，居然在我难受的时候欣赏风景。

"你等我一会。"橘辰熙把我的头轻轻依靠在座位上，然后起身径直往主驾驶走去，任凭我在后面低吼，"喂，你去哪儿……"

本以为橘辰熙是跟司机叔叔拿塑胶袋去了，可没想到，车竟然停了。我听到橘辰熙对这司机叔叔微笑地说了声"谢谢"之后，径直走了回来，拿了地上那个装满我们随身物品和行李的301的双肩包，然后挽起了袖子，将我公主抱了起来。

我瞪大了双眼，目不转睛地盯着他看，此时，满脑子充满着疑问，而我们也在车上众多游客异样以及羡慕公主抱的唏嘘声中，下了车。

一下车，橘辰熙便轻轻把我放到地上，一股难闻的液体从喉咙里传到口腔，像即将要发射的子弹，一不留神就吐了出来，我立马挪动着身子，往旁边的草堆里吐了个稀里哗啦。

正当我因为呕吐过后这种糜状红着脸觉得难看时，橘辰熙走到了我身边，轻轻地拍了拍我的背脊，并递给我一张湿纸巾。

"来，擦擦吧。"

"你离我远点啦，这里很脏哎。"因为对自己吐出来的脏东西感到恶心，更不愿意让橘辰熙靠近，于是只能下令让他远离。而谁知他非但不听，反而对我"施加"了命令。

"脑子被吐坏了是不是，竟然赶我走，你赶紧把嘴巴擦干了。"说罢，也不等我主动拿纸巾擦嘴，他反倒摊开了湿纸巾，在我嘴边认真地帮我擦了一通，而后把矿泉水递给了我，"诺，来漱漱口。"

这样的霸道且对我百般照顾的橘辰熙，我还是头一次见，心里顿时觉得温暖多了。我没有再拒绝橘辰熙的任何动作，只是乖乖地听他的命令，让我喝水我便喝水，让我漱口我便漱口，让我用纸巾擦擦我就用纸巾擦擦，像一个乖巧的小媳妇儿。

而在我回过神来之后，才发现，原来汽车早就行驶出了我们的视线，扬起的尘埃还在空中飘散着。

"怎么办，车走了，我们没车坐了，都怪我……"看着车子远离的方向，我难过得自责起来。

"傻瓜，走了就走了呗。"橘辰熙耸耸肩，一副无所谓的样子。

"喂，走了我们就到不了旧城了！我们就在这荒郊野岭等死吗？"

"真替你的智商感到着急，哎，我怎么就中了你的毒了呢？"

"喂，说什么呢，我哪儿有毒了。"橘辰熙总是会让我莫名其妙。

"喜欢你，就是中了你的毒呀。"

"都什么时候了还嘴 贫……"虽然我嘴上在责怪橘辰熙不合时宜的"告白"，但心里早就像被蜜糖涂满了一样，甜蜜得哟。

"好了，不跟你贫嘴了就是。不过，现在觉得好些了吗？"橘辰熙很快地就转移了话题。

"感觉舒服很多了。"

"那我们就准备等着出发吧。"

"等着出发？"

"嗯，不是想今天就到达旧城吗？你就坐在这等我好了。"

"你要干吗呀？"我疑惑不解，并追着问。

"嘘，老老实实地待着，乖。"橘辰熙拍了拍我的肩膀，露出调皮的微笑后，便径直走上前去，站到了公路边，竖起了右手的大拇指。

白痴的我很纳闷，不明白橘辰熙的此行此举到底是个什么鬼，把女朋友放到一边，自己一个人到公路边朝往来的车辆举起右手拇指，他，没发烧吧？

但事实证明，他却是没发烧，因为真的有往来的车辆停在了他面前，很快，橘辰熙便朝我呐喊道："傻瓜乐，赶紧上车。"

"哦，我这就来。"为了不让司机等我的时间太久，我使出吃奶的劲儿，然后朝车子的方向，迈着小碎步，跑了过去，但步伐好似不听使唤，前进的速度并没有我想象中的快。

"真让人不省心。"见我速度太慢，焦急的橘辰熙立马冲了过来，一

把把我横着抱了起来，简单来说，说出来又是虐狗的公主抱，我勾住他的脖子，就这样快速地被带到了车上。

经过一番了解，才知道刚刚橘辰熙举起右手大拇指的手指，意思是"搭便车"的意思，因为这个点了，客运汽车早就停运了，唯一有的，就是往来的通往旧城的车辆。而我们下车的位置，刚好处于无人的山村，如果再不找到能顺便搭载我们一程的车辆，那就意味今天我们就要在荒山野岭的黑暗环境下度过了。

想着这里，不禁打了一个寒战，说到底还是有些后怕，幸好我们是幸运的，遇到了可爱的司机师傅。

05

临近中午，我们终于到达了旧城，在谢过免费让我们搭载的叔叔之后，橘辰熙随手拦下一辆的士，带我们前往了那个我跟橘辰熙都心心念念的有着我们秋千回忆的小区操场。

"好像都没变，对不对？"我环顾了四周，感叹道。

"胡说，你看，你右手四点钟方向，这栋楼盘难道不是新建的吗？11点钟方向，还造了个游泳池。"

"切，你一点都不懂我。"我故意撒娇地埋怨到，很明显，新建的建筑横陈在眼前，有了翻天覆地的变化，但旧的小区，操场，以及这个充满回忆的荡秋千，依旧存在。

"好啦，我又不傻，我还不懂你那点小心思吗？"

"啧啧啧，说你是天才都太抬举你了。"

"哦？那我是什么，你说说看。"

"你是我肚子里的蛔虫呀，居然能看穿我的心思。"

"有一种东西叫心照不宣你不懂吗？"橘辰熙解释道，末了又摇摇头补充，"算了，跟你说四个字四个字的成语，也是白搭。"

"混蛋！你居然敢嘲笑我的语文。"橘辰熙这个可恶的家伙，虽然成了我的男朋友，但爱损我这种癖好，并没有因角色的变化而改变嘛。

"不然呢，你来说说哪一科我可以不用嘲笑的好了。"

橘辰熙说到这里，我顿时惭愧起来，低下头不好意思再与他对视了。

"我，你也知道，我们F班……"

"好了好了，我知道你要说什么。等周末结束了，我开始对你进行学习指导，你觉得怎么样啊？"橘辰熙两眼放光地对我说。

"哇，你终于肯辅导我了呀。"果然成为天才橘辰熙的女朋友之后，是能享受非一般的待遇的，比方说辅导学习这种特权。

"所以你的脑子，最好在我辅导的时候，稍微变聪明一点。"

"喂，你怎么这样……"

"呵呵……"

就在我被橘辰熙损得欲要发怒时，他一把把我搂在了那个温暖厚实的大怀抱里。

"真好，傻瓜乐，我们又回来了。"他贴在我耳边轻轻地感叹道。

"谢谢你一直在我身边，橘辰熙。"动情的时刻，当然要说感动的话

了，我接着说道，"这些年，每次伤心难过的时候，我都还是会想起你，想起你以前跟我聊过的事，想起小时候我们每逢荡秋千时候的无忧无虑，还有你送我的四弦吉他。"

"哦？你还留着吗？"听到吉他的字眼，橘辰熙惊喜万分。

"当然，我都还带过来了。"橘车熙万万没想到，这把吉他，才是压轴的好戏。

"真的假的啊？"

"我什么骗过你呀。"我从身后的双肩包里，抽出被包裹在衣服里的这把被称之为幸运物的四弦吉他，递到了橘辰熙的面前说，"诺，完好无损吧。"

橘辰熙很激动，眼里有湿润润的东西在闪烁着。

"谢谢你一直好好珍藏它。"他感动地看着我，又对它的四弦吉他爱不释手。

"你不知道，这把四弦吉他，被我当成了幸运物，一直都给我带来好运呢。"自从四弦吉他正式成为我的幸运物之后，它确实是发挥了它使人变好运的作用，就像我遇到橘辰熙，并且最后我们在一起的这件事，一定是双倍的好运吧。

"当然是好运，不然，我们怎么会再相遇，直到在一起呢。"

"嘿嘿，必须是双倍的好运。"

"我给你弹首歌吧？"橘辰熙擦了擦琴弦说道。

"好呀，真是太久违了。"

"咳咳……"

橘辰熙清了清嗓音，将嘴角扬起了一个好看的弧度，继而补充说道，"这首《情非得已》，献给我亲爱的傻瓜乐。"

"哼，橘辰熙，你好好说话。"

"呵呵。"

橘辰熙用微笑来回应我，此刻，他已经专注着拨动琴弦了，修长的手指在四根琴弦中游刃有余地拨动着，好听的旋律立马就响了起来。

"难以忘记，初次见你，一双迷人的眼睛"

"在我脑海里，你的身影，挥散不去……"

"……"

"爱上你是我情非得已……"

旧城的夜晚迷人极了，星空璀璨闪亮，入夜的微风吹佛过脸颊，有一丝丝的清香。

一曲情非得已完毕后，我依靠在橘辰熙的肩头，我们一起遥望寻找夜空中的北斗七星。

"运气真是个好东西啊，对吧。"我偏过头问了问橘辰熙。

"缘分也一样。"

"那你带着缘分，我带上好运气，不如我们一起，走更长的路吧？"我深情地望着橘辰熙问道。

"只要是和你，当然。"

这个夜晚，星星一定会闪耀着整个夜空，来见证我们的幸福。

花开缘起·花落缘灭

● 唐家小主

——世上最让人参不透的字是"悟"，最让人逃不开的是"情"。

·玉容寂寞泪阑干，梨花一枝春带雨　　**·砌下落梅如雪乱，拂了一身还满**

楚少秦：我不准你爱上其他人，你这辈子只能爱我一个人，你是我的。

梨秋雪：我恨他，可是我也爱着他。

——《梦回梨花落》

辩真儿：忘尘这一辈子，世人皆可见，唯不见红颜。

柳追忆：辩真儿不是世人，我也没爱过世人。

——《眉间砂》

梦回当年，梨落成泥，江山永隔
红梅乱雪，琴弦挑断，岁月永殇

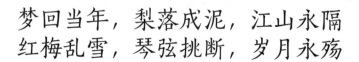

最怕爱你至白头，此生不得终

这个季节，
美少女&音乐&王子&
完美饮品&大明星
通通在等你

花漾年华　清甜一季　偶像剧必备元素

这里通通都有！
你还在等什么？一起来看看吧！

NO.1　比肩SHN48的女团大作战

《轻樱团夏日奇缘》　松小果

内容简介：

梦想成为演员的邻家少女许轻樱稀里糊涂成了国内最受欢迎女团Pinkgirls的成员，还一不小心成了"门面担当"，成为整团形象的代表！

喂喂喂，你们不要私自做决定好不好？

可是为什么从萌系队长彭芄到时尚圈小公主安琪都大力支持？

许轻樱有些头大，不得不求助青梅竹马的"学霸"徐晚乔来帮忙，结果他不仅帮她搞定了日常琐事，甚至还帮她们团队完成了打造专属电视节目的梦想，简直就是与她心有灵犀版的"哆啦A梦"！

就在她们即将成功的时候，同公司的"国民王子"杜墨却突然跳出来，不仅跟许轻樱拍广告上节目，甚至还跟她传出了桃色绯闻。

许轻樱被公司暂时雪藏，可是人气总决选也即将到来！危机一触即发，轻樱的反击也必须开始……

进击吧，许轻樱！

NO.2　为梦想而战的古琴少女

《琴音少女梦乐诗》　茶茶

内容简介：

一声弦动，千年琴灵从天而降，平凡少女薛挽挽的命运开始发生翻天覆地的变化。

对音乐一窍不通的薛挽挽在琴灵的威逼之下加入器乐社，却发现器乐社的气氛异常尴尬。温柔社长和火爆小提琴手在社团里见面必大吵，各怀秘密；毒舌王子季子衿身份成谜，却总在关键时候出现，还会独自一人在湖边吹埙；混血少年看不起中国音乐，竟然还是钢琴天才……社团里到底还有多少秘密？

古琴进阶之路十分坎坷，想放弃的薛挽挽突然发现，谜一般的季子衿似乎和她死亡多年的父母有着千丝万缕的联系。十年前的事故，是意外还是阴谋？消失十年的千年古琴重现，所有的线索似乎已经串连到了一起……

我们所看到的，真的就是真相吗？

NO.3　大脑脱线的貌美王子

《我家王子美如画》　艾可乐

内容简介：

存在感微弱的"透明"少女苏苹果，

某天竟然从许愿樱花树下"挖"出了一名貌美如画的王子殿下！

哈哈，难道她从此撞上绝世大好运了吗？

不不，樱花王子只有颜值，智商严重"掉线"，"撩"妹不自知，送礼送心跳……

苹果都后悔答应帮他完成秘密任务了！

可狡猾如狐的路易王子，傲慢的贵族少女阿尼娜来势汹汹！

一名爱算计人心，一名对王子虎视眈眈，透明少女能勇敢逆袭，为她家的蠢萌王子抵挡住强敌吗？

奢华美色，暖心拥抱，满分微笑，浪漫甜吻——

让艾可乐带你玩转现代宫廷恋爱！

NO.4　神秘的独家饮品

《仙月屋果味不加糖》　巧乐吱

内容简介：

这里是仙月家，欢迎品尝特饮师的独家秘制饮品！

击败美少年的四季思慕雪，温暖又让人坚强的草莓阿法奇朵，比哥哥更让人安心的水果豆奶茶，还有充满爱和惊喜的欢乐彩虹，每一杯都有它们专属的故事。

校草东野寒热情无脑，天才南佑伦温柔似水，机灵少年西存纪天使脸蛋恶魔心，冷酷冰山北间鸣苦恼别人看不出自己的表情，双面特饮师具小仙莫名被拉入由他们组成的神秘事件调查队，只好隐藏身份，步步为营。

哥哥的下落不明，南佑伦的身世似乎有隐情，幕后黑手若隐若现，具小仙该如何在四大校草的包围中解开接踵而来的谜题？

真相永远只有一个，直击味蕾与心灵的甜蜜大战一触即发！

NO.5　清新治愈的超级大明星

《心跳薄荷之夏》　茶茶

内容简介：

长跑是慕小满的梦想，她失去了……

孤儿院是慕小满的充满回忆的地方，也快要消失了……

元气少女慕小满，为了获得拯救孤儿院的资金，忐忑地跟坏脾气的大明星时洛签下百万真人秀合约，却在接近时洛的过程中，在这个除了颜值什么都没有的大明星身上感受到被守护的感觉，慕小满慢慢沦陷。

可是，来自时洛的堂弟时澈莫名的追求和已经成为富家千金的昔日孤儿院好友的陷害，让慕小满和时洛的关系渐行渐远。而时洛背后，一个始料未及的来自最亲近的人的阴谋，正在慢慢浮现……